Elogios para *La sombra del viento*

"No hay duda de que *La sombra del viento* es un libro maravilloso… Con una trama magistral y meticulosamente planeada y un extraordinario control del lenguaje… *La sombra del viento* es en últimas una carta de amor a la literatura, para lectores tan apasionados como su joven protagonista."
—*Entertainment Weekly*

"*La sombra del viento* lo mantendrá despierto durante varias noches —pero valdrá la pena. Absolutamente maravilloso."
—*Kirkus Reviews* (Reseña Estrellada)

"El talento narrativo de este hombre arrasa."
—*El Mundo*

"Cualquiera que disfrute de leer novelas que son miedosas, eróticas, trágicas y apasionantes, debe salir corriendo ahora mismo a su librería más cercana y comprar un ejemplar de *La sombra del viento*. De verdad, debería hacerlo."
—Michael Dirda, *Washington Post*

CARLOS RUIZ ZAFÓN es uno de los novelistas de mayor proyección en todo el mundo. Su carrera literaria debutó en 1993 con *El príncipe de la niebla* y posteriormente publicó otras tres novelas para el público juvenil: *El palacio de la medianoche, Las luces de septiembre* y *Marina*. En el año 2001 dio el salto a la narrativa para adultos con la publicación de *La sombra del viento*, que se ha convertido en un best seller a nivel internacional. Sus obras han sido traducidas a más de cuarenta idiomas y publicada en más de cincuenta países, obteniendo numerosos premios y conquistando a millones de lectores de todas las edades.

EL PRÍNCIPE DE LA NIEBLA

Otros libros por CARLOS RUIZ ZAFÓN

El juego del ángel
La sombra del viento
El palacio de la medianoche
Las luces de septiembre

CARLOS RUIZ ZAFÓN

EL PRÍNCIPE DE LA NIEBLA

rayo | Planeta
www.harpercollins.com

Este libro fue publicado originalmente en español en el año 2006 en España por Editorial Planeta, S. A.

RAYO, PRIMERA EDICIÓN EN PASTA BLANDA, 2008

ISBN: 978-0-06-172435-0

09   10   11   12   ID/RRD   10   9   8   7   6   5   4

Para MariCarmen

UNA NOTA DEL AUTOR

Amigo lector:

Quizá lo más aconsejable sería que te saltases estas palabras y fueras directamente al arranque de la novela, ya que un libro debería hablar por sí mismo, sin necesidad de preámbulos. Pero si sientes curiosidad acerca del origen de la historia que tienes entre manos, prometo ser breve y apartarme de tu camino en pocas líneas.

El Príncipe de la Niebla fue la primera novela que publiqué, y marcó el inicio de mi dedicación completa a este peculiar oficio que es el de escritor. En aquella época tenía veintiséis o veintisiete años, lo que por entonces me parecía un montón y, a falta de editor, se me ocurrió presentarla a un concurso de literatura juvenil (terreno que desconocía por completo), tuve la suerte de ganar.

A decir verdad, de chaval no acostumbraba a leer novelas etiquetadas como «juveniles». Mi idea de una novela para jóvenes era la misma que mi idea de una novela para cualquier lector. Siempre he tenido la impresión de que los lectores jóvenes son, acaso, más espabilados y perspicaces que sus mayores, y que si algo tienen son pocos miramicntos y menos prejuicios. Con ellos, el autor gana lectores o los lectores lo despachan sin contemplaciones. Son un público difícil y exigente, pero me gustan sus términos, y creo que son de justicia. En el caso de *El Príncipe de la Niebla,* a falta de otras referencias, decidí escribir la novela que a mí me hubiese gustado leer con trece o catorce años, pero también una que me siguiera interesando con veintitrés, cuarenta y tres u ochenta y tres años.

Desde su publicación en 1993, *El Príncipe de la Niebla* ha tenido la suerte de ser muy bien recibido entre los jóvenes, y también entre los no tan jóvenes. Lo que nunca ha tenido, hasta el día de hoy, es una edición digna, que hiciese justicia a sus lectores y a la propia obra. Después de las no pocas miserias que han lastrado este libro y a su autor durante casi quince años, la novela llega ahora por primera vez a las manos de sus lectores de la manera en que debería haberlo hecho en un principio.

Al revisitar un libro que uno escribió hace ya tantos años, el novelista se siente tentado de aprovecharse de algunas de las cosas que ha aprendido en el oficio para reconstruir y reescribirlo casi todo, pero en este caso me ha parecido que había que dejar la obra tal como es, con sus defectos y su personalidad intactos.

El Príncipe de la Niebla es la primera de una serie de novelas «juveniles», junto con *El Palacio de la Medianoche, Las Luces de Septiembre* y *Marina,* que escribí años antes de la publicación de *La Sombra del Viento.* Algunos lectores más maduros, llevados por la popularidad de esta última, tal vez se sientan tentados de explorar estas historias de misterio y aventura, y espero que algunos lectores de nuevo cuño, si disfrutan con ellas, tal vez inicien así su propia aventura en la lectura de por vida.

A unos y a otros, lectores jóvenes y jóvenes lectores, sólo me queda transmitirles el agradecimiento de este contador de historias, que sigue intentando merecer su interés y desearles una feliz lectura.

CARLOS RUIZ ZAFÓN

Mayo de 2006.

EL PRÍNCIPE DE LA NIEBLA

CAPÍTULO UNO

Habrían de pasar muchos años antes de que Max olvidara el verano en que descubrió, casi por casualidad, la magia. Corría el año 1943 y los vientos de la guerra arrastraban al mundo corriente abajo, sin remedio. A mediados de junio, el día en que Max cumplió los trece años, su padre, relojero e inventor a ratos perdidos, reunió a la familia en el salón y les anunció que aquél era el último día que pasarían en la que había sido su casa en los últimos diez años. La familia se mudaba a la costa, lejos de la ciudad y de la guerra, a una casa junto a la playa de un pequeño pueblecito a orillas del Atlántico.

La decisión era terminante: partirían al amanecer del día siguiente. Hasta entonces, debían empacar todas sus posesiones y prepararse para el largo viaje hasta su nuevo hogar.

La familia recibió la noticia sin sorprenderse. Casi

todos imaginaban ya que la idea de abandonar la ciudad en busca de un lugar más habitable rondaba por la cabeza del buen Maximilian Carver desde hacía tiempo; todos menos Max. Para él, la noticia tuvo el mismo efecto que una locomotora enloquecida atravesando una tienda de porcelanas chinas. Se quedó en blanco, con la boca abierta y la mirada ausente. Durante ese breve trance, pasó por su mente la terrible certidumbre de que todo su mundo, incluidos sus amigos del colegio, la pandilla de la calle y la tienda de tebeos de la esquina, estaba a punto de desvanecerse para siempre. De un plumazo.

Mientras los demás miembros de la familia disolvían la concentración para disponerse a preparar el equipaje con aire de resignación, Max permaneció inmóvil mirando a su padre. El buen relojero se arrodilló frente a su hijo y le colocó las manos sobre los hombros. La mirada de Max se explicaba mejor que un libro.

—Ahora te parece el fin del mundo, Max. Pero te prometo que el lugar adonde vamos te gustará. Harás nuevos amigos, ya lo verás.

—¿Es por la guerra? —preguntó Max—. ¿Es por eso por lo que tenemos que irnos?

Maximilian Carver abrazó a su hijo y luego, sin dejar de sonreírle, extrajo del bolsillo de su chaqueta un objeto brillante que pendía de una cadena y lo colocó entre las manos de Max. Un reloj de bolsillo.

—Lo he hecho para ti. Feliz cumpleaños, Max.

Max abrió el reloj, labrado en plata. En el interior de la esfera cada hora estaba marcada por el dibujo de una luna que crecía y menguaba al compás de las agujas, formadas por los haces de un sol que sonreía en el corazón del reloj. Sobre la tapa, grabada en caligrafía, se podía leer una frase: «*La máquina del tiempo de Max.*»

Aquel día, sin saberlo, mientras contemplaba a su familia deambular arriba y abajo con las maletas y sostenía el reloj que le había regalado su padre, Max dejó para siempre de ser un niño.

* * *

La noche de su cumpleaños Max no pegó ojo. Mientras los demás dormían, esperó la fatal llegada de aquel amanecer que habría de marcar la despedida final del pequeño universo que se había forjado a lo largo de los años. Pasó las horas en silencio, tendido en la cama con la mirada perdida en las sombras azules que danzaban en el techo de su habitación, como si esperase ver en ellas un oráculo capaz de dibujar su destino a partir de aquel día. Sostenía en su mano el reloj que su padre había hecho para él. Las lunas sonrientes de la esfera brillaban en la penumbra nocturna. Tal vez ellas tuvieran la respuesta a todas las preguntas que Max había empezado a coleccionar desde aquella misma tarde.

Finalmente, las primeras luces del alba despuntaron sobre el horizonte azul. Max saltó de la cama y se dirigió al salón. Maximilian Carver estaba acomodado en una butaca, vestido y sosteniendo un libro junto a la luz de un quinqué. Max vio que no era el único que había pasado la noche en vela. El relojero le sonrió y cerró el libro.

—¿Qué lees? —preguntó Max, señalando el grueso volumen.

—Es un libro sobre Copérnico. ¿Sabes quién es Copérnico? —respondió el relojero.

—Voy al cole —respondió Max.

Su padre tenía el hábito de hacerle preguntas como si se acabase de caer de un árbol.

—¿Y qué sabes de él? —insistió.

—Descubrió que la Tierra gira alrededor del Sol y no al revés.

—Más o menos. ¿Y sabes lo que eso significó?

—Problemas —repuso Max.

El relojero sonrió ampliamente y le tendió el grueso libro.

—Ten. Es tuyo. Léelo.

Max inspeccionó el misterioso volumen encuadernado en piel. Parecía tener mil años y servir de morada al espíritu de algún viejo genio encadenado a sus páginas por un maleficio centenario.

—Bueno —atajó su padre—, ¿quién despierta a tus hermanas?

Max, sin levantar la vista del libro, indicó con la cabeza que le cedía el honor de arrancar a Alicia e Irina, sus dos hermanas de quince y ocho años respectivamente, de su profundo sueño.

Luego, mientras su padre se dirigía a tocar diana para toda la familia, Max se acomodó en la butaca, abrió el libro de par en par y empezó a leer. Media hora más tarde, la familia en pleno cruzaba por última vez el umbral de la puerta hacia una nueva vida. El verano había empezado.

* * *

Max había leído alguna vez en uno de los libros de su padre que ciertas imágenes de la infancia se quedan grabadas en el álbum de la mente como fotografías, como escenarios a los que, no importa el tiempo que pase, uno siempre vuelve y recuerda. Max comprendió el sentido de aquellas palabras la primera vez que vio el mar. Llevaban más de cinco horas en el tren cuando, de súbito, al emerger de un oscuro túnel, una infinita lámina de luz y claridad espectral se extendió ante sus ojos. El azul eléctrico del mar resplandeciente bajo el sol del mediodía se grabó en su retina como una aparición sobrenatural. Mientras el tren seguía su camino a pocos metros del mar, Max sacó la cabeza por la ventanilla y sintió por primera vez el viento impregnado de olor a salitre sobre su piel. Se volvió a mirar a su padre, que le contemplaba desde el extremo del compartimiento del tren con una sonrisa misteriosa, asintiendo a una pregunta que Max no había llegado a formular. Supo entonces que no importaba cuál fuera el destino de aquel viaje ni en qué estación se detuviera el tren; desde aquel día nunca viviría en un lugar desde el cual no pudiese ver cada mañana al despertar aquella luz azul y cegadora que ascendía hacia el cielo como un vapor mágico y transparente. Era una promesa que se había hecho a sí mismo.

*　*　*

Mientras Max contemplaba alejarse el ferrocarril desde el andén de la estación del pueblo, Maximilian Carver dejó unos minutos a su familia con el equipaje frente al despacho del jefe de estación para negociar con alguno de los transportistas locales un precio razonable por trasladar bultos, personas y demás parafernalia hasta el punto final de destino. La primera impresión de Max respecto al pueblo y al aspecto que ofrecían la estación y las primeras casas, cuyos techos asomaban tímidamente sobre los árboles circundantes, fue la de que aquel lugar parecía una maqueta, uno de aquellos pueblos construidos en miniatura por coleccionistas de trenes eléctricos, donde si uno se aventuraba a caminar más de la cuenta podía acabar cayéndose de una mesa. Ante tal idea, Max empezaba a contemplar una interesante variación de la teoría de Copérnico respecto al mundo cuando la voz de su madre, junto a él, le rescató de sus ensoñaciones cósmicas.

—¿Y bien? ¿Aprobado o suspendido?

—Es pronto para saberlo —contestó Max—. Parece una maqueta. Como esas de los escaparates de las jugueterías.

—A lo mejor lo es —sonrió su madre. Cuando lo hacía, Max podía ver en su rostro un reflejo pálido de su hermana Irina.

—Pero no le digas eso a tu padre —continuó—. Ahí viene.

Maximilian Carver llegó de vuelta escoltado por dos fornidos transportistas con sendos atuendos estampados de manchas de grasa, hollín y alguna sustancia imposible de identificar. Ambos lucían frondosos bigotes y una gorra de marino, como si tal fuera el uniforme de su profesión.

—Éstos son Robin y Philip —explicó el relojero—. Robin llevará las maletas, y Philip, a la familia. ¿De acuerdo?

Sin esperar la aprobación familiar, los dos forzudos se dirigieron a la montaña de baúles y cargaron metódicamente con el más voluminoso sin el menor asomo de esfuerzo. Max extrajo su reloj y contempló la esfera de lunas risueñas. Las agujas marcaban las dos de la tarde. El viejo reloj de la estación marcaba las doce y media.

—El reloj de la estación va mal —murmuró Max.

—¿Lo ves? —contestó su padre, eufórico—. Nada más llegar y ya tenemos trabajo.

Su madre sonrió débilmente, como siempre hacía ante las muestras de optimismo radiante de Maximilian Carver, pero Max pudo leer en sus ojos una sombra de tristeza y aquella extraña luminosidad que, desde niño, le había llevado a creer que su madre intuía en el futuro lo que los demás no podían adivinar.

—Todo va a salir bien, mamá —dijo Max, sintiéndose como un tonto un segundo después de pronunciar aquellas palabras.

Su madre le acarició la mejilla y le sonrió.

—Claro, Max. Todo va a salir bien.

En aquel momento Max tuvo la certeza de que alguien lo miraba. Giró rápidamente la vista y pudo ver cómo, entre los barrotes de una de las ventanas de la estación, un gran gato atigrado lo contemplaba fijamente, como si pudiera leer sus pensamientos. El felino pestañeó y de un salto que evidenciaba una agilidad impensable en un animal de aquel tamaño, gato o no gato, se acercó hasta la pequeña Irina y frotó su lomo contra los tobillos blancos de la hermana de Max. La niña se arrodilló para acariciar al animal, que maullaba suavemente. Irina lo cogió en brazos y el gato se dejó arrullar mansamente, lamiendo con dulzura los dedos de la niña, que sonreía hechizada ante el encanto del felino. Irina, con el gato en brazos, se acercó hasta el lugar donde esperaba la familia.

—Acabamos de llegar y ya has cogido un bicho. A saber lo que llevará encima —sentenció Alicia con evidente fastidio.

—No es un bicho. Es un gato y está abandonado —replicó Irina—. ¿Mamá?

—Irina, ni siquiera hemos llegado a casa —empezó su madre.

La niña forzó una mueca lastimosa, a la que el felino contribuyó con un maullido dulce y seductor.

—Puede estar en el jardín. Por favor...

—Es un gato gordo y sucio —añadió Alicia—. ¿Vas a dejar que se salga otra vez con la suya?

Irina dirigió a su hermana mayor una mirada penetrante y acerada que prometía una declaración de guerra a menos que ésta cerrase la boca. Alicia le sostuvo la mirada unos instantes y después se volvió, con un suspiro de rabia, alejándose hasta donde los transportistas estaban cargando el equipaje. Por el camino se cruzó con su padre, a quien no se le escapó el semblante enrojecido de Alicia.

—¿Ya estamos de pelea? —preguntó Maximilian Carver—. ¿Y esto?

—Está solo y abandonado. ¿Nos lo podemos llevar? Estará en el jardín y yo lo cuidaré. Lo prometo —se apresuró a explicar Irina.

El relojero, atónito, miró el gato y luego a su esposa.

—No sé qué dirá tu madre...

—¿Y qué dices tú, Maximilian Carver? —replicó su mujer, con una sonrisa que evidenciaba que le divertía el dilema que había traspasado a su esposo.

—Bien. Habría que llevarlo al veterinario y además...

—Por favor... —gimió Irina.

El relojero y su mujer cruzaron una mirada de complicidad.

—¿Por qué no? —concluyó Maximilian Carver, incapaz de empezar el verano con un conflicto familiar—. Pero tú te encargarás de él. ¿Prometido?

El rostro de Irina se iluminó y las pupilas del felino se estrecharon hasta perfilarse como agujas negras sobre la esfera dorada y luminosa de sus ojos.

—¡Venga! ¡Andando! El equipaje ya está cargado —dijo el relojero.

Irina se llevó el gato en brazos, corriendo hacia las furgonetas. El felino, con la cabeza apoyada en el hombro de la niña, mantuvo los ojos clavados en Max. «Nos estaba esperando», pensó.

—No te quedes ahí pasmado, Max. En marcha —insistió su padre de camino hacia las furgonetas de la mano de su madre.

Max les siguió.

Fue entonces cuando algo le hizo volverse y mirar de nuevo la esfera ennegrecida del reloj de la estación. Lo examinó cuidadosamente y percibió que había algo en él que no cuadraba. Max recordaba perfectamente que al llegar a la estación el reloj indicaba media hora pasado el mediodía. Ahora, las agujas marcaban las doce menos diez.

—¡Max! —sonó la voz de su padre, llamándolo desde la furgoneta—. ¡Que nos vamos!

—Ya voy —murmuró Max para sí mismo, sin dejar de mirar la esfera.

El reloj no estaba estropeado; funcionaba perfectamente, con una sola particularidad: lo hacía al revés.

CAPÍTULO DOS

La nueva casa de los Carver estaba situada en el extremo norte de una larga playa que se extendía frente al mar como una lámina de arena blanca y luminosa, con pequeñas islas de hierbas salvajes que se agitaban al viento. La playa formaba una prolongación del pueblo, constituido por pequeñas casas de madera de no más de dos pisos, en su mayoría pintadas en amables tonos pastel, con su jardín y su cerca blanca pulcramente alineada, reforzando la impresión de ciudad de casas de muñecas que Max había tenido al poco de llegar. De camino, cruzaron el pueblo, la rambla principal y la plaza del ayuntamiento, mientras Maximilian Carver explicaba las maravillas del pueblo con el entusiasmo de un guía local.

El lugar era tranquilo y estaba envuelto en aquella misma luminosidad que había hechizado a Max al ver el mar por vez primera. La mayoría de los habitantes del pueblo utilizaba la bicicleta para sus trasladados, o sencillamente iba a pie. Las calles estaban limpias y el único ruido que se oía, a excepción de algún ocasional vehículo a motor, era el suave embate del mar rompiendo en la playa. A medida que recorrían el pueblo, Max pudo ver cómo los rostros de cada uno de los miembros de la familia reflejaban los pensamientos que les producía el espectáculo del que tendría que ser el nuevo escenario de sus vidas. La pequeña Irina y su felino aliado contemplaban el desfile ordenado de calles y casas con serena curiosidad, como si ya se sintieran en casa. Alicia, ensimismada en pensamientos impenetrables, parecía estar a miles de kilómetros de allí, lo que confirmaba a Max la certeza de lo poco o nada que sabía respecto a su hermana mayor. Su madre miraba con resignada aceptación el pueblo, sin perder una sonrisa impuesta para no reflejar la inquietud que, por algún motivo que Max no acertaba a intuir, la embargaba. Finalmente, Maximilian Carver observaba triunfalmente su nuevo hábitat dirigiendo miradas a cada miembro de la familia, que eran metódicamente respondidas con una sonrisa de aceptación (el sentido común parecía confirmar que cualquier otra cosa podría romper el corazón del buen relojero, convencido de que había llevado a su familia al nuevo paraíso).

A la vista de aquellas calles bañadas de luz y tranquilidad, Max pensó que el fantasma de la guerra resultaba lejano e incluso irreal y que, tal vez, su padre había tenido una intuición genial al decidir mudarse a aquel lugar. Cuando las furgonetas enfilaron el camino que llevaba hasta su casa en la playa, Max ya había borrado de su mente el reloj de la estación y la intranquilidad que el nuevo amigo de Irina le había producido de buen principio. Miró hacia el horizonte y creyó distinguir la silueta de un buque, negro y afilado, navegando como un espejismo entre la calima que empañaba la superficie del océano. Segundos después, había desaparecido.

* * *

La casa tenía dos pisos y se alzaba a unos cincuenta metros de la línea de playa, rodeada de un modesto jardín acotado por una cerca blanca que pedía a gritos una mano de pintura. Había sido construida en madera y, a excepción del techo oscuro, estaba pintada de blanco y se mantenía en un razonable buen estado, teniendo en cuenta la cercanía del mar y el desgaste al que el viento húmedo e impregnado de salitre la sometía a diario.

Por el camino, Maximilian Carver explicó a su familia que la casa había sido construida en 1928 para la familia de un prestigioso cirujano de Londres, el doctor Richard Fleischmann, y su esposa, Eva Gray, como residencia de veraneo en la costa.

La casa había constituido en su día una excentricidad a los ojos de los habitantes del pueblo. Los Fleischmann eran un matrimonio sin hijos, solitario y al parecer poco aficionado al trato con las gentes del pueblo. En su primera visita, el doctor Fleischmann había ordenado claramente que tanto los materiales como la mano de obra debían ser traídos directamente de Londres. Tal capricho supuso prácticamente triplicar el costo de la casa, pero la fortuna del cirujano podía permitírselo.

Los habitantes contemplaron con escepticismo y recelo el ir y venir, durante todo el invierno de 1927, de innumerables trabajadores y camiones de transporte mientras el esqueleto de la casa del final de la playa se alzaba lentamente, día a día. Por fin, en la primavera de año siguiente, los pintores dieron la última capa de pintura a la casa y, semanas después, el matrimonio se instaló en ella para pasar el verano. La casa de la playa pronto se convirtió en un talismán que habría de cambiar la suerte de los Fleischmann. La esposa del cirujano, que al parecer había perdido la capacidad de concebir un hijo en un accidente años atrás, se quedó embarazada durante aquel primer año. El 23 de junio de 1929, la esposa de Fleischmann dio a luz, asistida por su marido, bajo el techo de la casa de la playa, a un niño que habría de llevar el nombre de Jacob.

Jacob fue la bendición del cielo que cambió el talante amargo y solitario de los Fleischmann.

Pronto el doctor y su esposa empezaron a congeniar con los habitantes del pueblo y llegaron a ser personajes populares y estimados durante los años de felicidad que pasaron en la casa de la playa, hasta la tragedia de 1936. Un amanecer de agosto de aquel año, el pequeño Jacob se ahogó mientras jugaba en la playa frente a la casa.

Toda la alegría y la luz que el deseado hijo había traído al matrimonio se extinguió aquel día para siempre. Durante el invierno del 36, la salud de Fleischmann se fue deteriorando progresivamente y pronto sus médicos supieron que no llegaría a ver el verano de 1938. Un año después de la desgracia, los abogados de la viuda pusieron la casa en venta. Permaneció vacía y sin comprador durante años, olvidada en el extremo de la playa.

Así fue como, por pura casualidad, Maximilian Carver llegó a tener noticias de su existencia. El relojero volvía de un viaje para comprar piezas y herramientas para su taller cuando decidió hacer noche en el pueblo. Durante la cena en el pequeño hotel local entabló conversación con el propietario, al que Maximilian expresó su eterno deseo de vivir en un pueblo como aquél. El dueño del hotel le habló de la casa y Maximilian decidió retrasar su vuelta y visitarla al día siguiente. En el viaje de retorno, su mente barajaba cifras y la posibilidad de abrir un taller de relojería en el pueblo. Tardó ocho meses en anunciar la noticia a su familia, pero en el fondo de su corazón ya había tomado la decisión.

* * *

El primer día en la casa de la playa quedaría en el recuerdo de Max como una curiosa recopilación de imágenes insólitas. Para empezar, tan pronto como las furgonetas se detuvieron frente a la casa y Robin y Philip empezaron a descargar el equipaje, Maximilian Carver consiguió inexplicablemente tropezar con lo que parecía un cubo viejo y, tras recorrer una trayectoria vertiginosa dando tumbos, aterrizó sobre la cerca blanca, derribando más de cuatro metros. El incidente se saldó con las risas soterradas de la familia y un moratón por parte de la víctima, nada serio.

Los dos fornidos transportistas llevaron los bultos del equipaje hasta el porche de la casa y, considerando zanjada su misión, desaparecieron dejando a la familia con el honor de subir los baúles escaleras arriba. Cuando Maximilian Carver abrió solemnemente la casa, un olor a cerrado se escapó por la puerta como un fantasma que hubiese permanecido apresado durante años entre sus paredes. El interior estaba inundado por una débil neblina de polvo y luz tenue que se filtraba desde las persianas bajadas.

—Dios mío —murmuró para sí la madre de Max, calculando las toneladas de polvo que habría por limpiar.

—Una maravilla —se apresuró a explicar Maximilian Carver—. Ya os lo dije.

Max cruzó una mirada de resignación con su hermana Alicia. La pequeña Irina contemplaba embobada el interior de la casa. Antes de que ningún miembro de la familia pudiese pronunciar palabra, el gato de Irina saltó de sus brazos y con un potente maullido se lanzó escaleras arriba.

Un segundo después, siguiendo su ejemplo, Maximilian Carver entró en la nueva residencia familiar.

—Al menos le gusta a alguien —creyó Max oír murmurar a Alicia.

Lo primero que la madre de Max ordenó hacer fue abrir ritualmente puertas y ventanas de par en par y ventilar la casa. Luego, durante un espacio de cinco horas, toda la familia se dedicó a convertir en habitable el nuevo hogar. Con la precisión de un ejército especializado, cada miembro la emprendió con una tarea concreta. Alicia preparó las habitaciones y las camas. Irina, plumero en mano, hizo saltar castillos de polvo de su escondite y Max, siguiendo su rastro, se encargó de recogerlo. Mientras tanto, su madre distribuía el equipaje y tomaba nota mental de todos los trabajos que muy pronto tendrían que empezar a realizarse. Maximilian Carver dedicó sus esfuerzos a conseguir que tuberías, luz y demás ingenios mecánicos de la casa volviesen a funcionar después de un letargo de años en desuso, lo cual no resultó tarea fácil.

Finalmente, la familia se reunió en el porche y, sentados en los escalones de su nueva vivienda, se concedieron un merecido descanso mientras contemplaban el tinte dorado que iba adquiriendo el mar con la caída de la tarde.

—Por hoy ya está bien —concedió Maximilian Carver, cubierto completamente de hollín y residuos misteriosos.

—Un par de semanas de trabajo y la casa empezará a ser habitable —añadió su madre.

—En las habitaciones de arriba hay arañas —explicó Alicia—. Enormes.

—¿Arañas? ¡Guau! —exclamó Irina—. ¿Y qué parecían?

—Se parecían a ti —replicó Alicia.

—No empecemos, ¿de acuerdo? —interrumpió su madre frotándose el puente de la nariz—. Max las matará.

—No hay por qué matarlas; basta con cogerlas y colocarlas en el jardín —adujo el relojero.

—Siempre me tocan las misiones heroicas —murmuró Max—. El exterminio ¿puede esperar a mañana?

—¿Alicia? —intercedió su madre.

—No pienso dormir en una habitación llena de arañas y Dios sabe qué otros bichos sueltos —declaró Alicia.

—Cursi —sentenció Irina.

—Monstruo —replicó Alicia.

—Max, antes de que empiece una guerra, acaba con las arañas —dijo Maximilian Carver con voz cansina.

—¿Las mato o sólo las amenazo un poco? Les puedo retorcer una pata... —sugirió Max.

—Max —cortó su madre.

Max se desperezó y entró en la casa dispuesto a acabar con sus antiguos inquilinos. Enfiló la escalera que conducía al piso superior donde estaban las habitaciones. Desde lo alto del último peldaño, los ojos brillantes del gato de Irina lo observaban fijamente, sin parpadear.

Max cruzó frente al felino, que parecía guardar el piso superior como un centinela. Tan pronto se dirigió a una de las habitaciones, el gato siguió sus pasos.

* * *

El piso de madera crujía muy débilmente bajo sus pies. Max empezó su caza y captura de arácnidos por las habitaciones que daban al sudoeste. Desde las ventanas se podía ver la playa y la trayectoria descendente del sol hacia el ocaso. Examinó detenidamente el suelo en busca de pequeños seres peludos y andarines. Después de la sesión de limpieza, el piso de madera había quedado razonablemente limpio y Max tardó un par de minutos hasta localizar al primer miembro de la familia arácnida.

Desde uno de los rincones, observó cómo una araña de considerable tamaño avanzaba en línea recta
hacia él, como si se tratase de un matón enviado
por los de su especie para hacerle cambiar de idea.
El insecto debía de medir cerca de media pulgada y
tenía ocho patas, con una mancha dorada sobre el
cuerpo negro.

Max alargó la mano hacia una escoba que descansaba en la pared y se preparó para catapultar al
insecto a otra vida. «Esto es ridículo», pensó para sí
mientras manejaba con sigilo la escoba a modo de
arma mortífera. Estaba empezando a calibrar el
golpe letal cuando, de pronto, el gato de Irina se
abalanzó sobre el insecto y, abriendo sus fauces de
león en miniatura, engulló a la araña y la masticó
con fuerza. Max soltó la escoba y miró atónito al
gato, que le devolvía una mirada malévola.

—Vaya con el gatito —susurró.

El animal se tragó la araña y salió de la habitación, presumiblemente en busca de algún familiar
de su reciente aperitivo. Max se acercó hasta la ventana. Su familia seguía en el porche. Alicia le dirigió una mirada inquisitiva.

—Yo no me preocuparía, Alicia. No creo que
veas más arañas.

—Asegúrate bien —insistió Maximilian Carver.

Max asintió y se dirigió hacia las habitaciones
que daban a la parte de atrás de la casa, hacia el
noroeste.

Oyó maullar al gato en las proximidades y supuso que otra araña había caído en las garras del felino exterminador. Las habitaciones de la parte trasera eran más pequeñas que las de la fachada principal. Desde una de las ventanas, contempló el panorama que se podía observar desde allí. La casa tenía un pequeño patio trasero con una caseta para guardar muebles o incluso un vehículo. Un gran árbol, cuya copa se elevaba sobre las buhardillas del desván, se alzaba en el centro del patio y, por su aspecto, Max imaginó que llevaba allí más de doscientos años.

Tras el patio, limitado por la cerca que circundaba la casa, se extendía un campo de hierbas salvajes y, unos cien metros más allá, se levantaba lo que parecía un pequeño recinto rodeado por un muro de piedra blanquecina. La vegetación había invadido el lugar y lo había transformado en una pequeña jungla de la que emergían lo que a Max le parecieron figuras: figuras humanas. Las últimas luces del día caían sobre el campo y Max tuvo que forzar la vista. Era un jardín abandonado. Un jardín de estatuas. Max contempló hipnotizado el extraño espectáculo de las estatuas apresadas por la maleza y encerradas en aquel recinto, que hacía pensar en un pequeño cementerio de pueblo. Un portón de lanzas de metal selladas con cadenas franqueaba el paso al interior. En lo alto de las lanzas, Max pudo distinguir un escudo formado por una estrella de seis puntas. A lo lejos, más allá del jardín de estatuas, se alzaba el umbral de un denso bosque que parecía prolongarse durante millas.

—¿Has hecho algún descubrimiento? —La voz de su madre a sus espaldas lo sacó del trance en que aquella visión lo había sumido—. Ya pensábamos que las arañas habían podido contigo.

—¿Sabías que ahí detrás, junto al bosque, hay un jardín de estatuas? —Max señaló hacia el recinto de piedra y su madre se asomó al ventanal.

—Está anocheciendo. Tu padre y yo vamos a ir al pueblo a buscar algo para cenar, al menos hasta que mañana podamos comprar provisiones. Os quedáis solos. Vigila a Irina.

Max asintió. Su madre le besó ligeramente la mejilla y se dirigió escaleras abajo. Max fijó de nuevo la mirada en el jardín de estatuas, cuyas siluetas se fundían paulatinamente con la bruma crepuscular. La brisa había empezado a refrescar. Max cerró la ventana y se dispuso a hacer lo propio en el resto de habitaciones. La pequeña Irina se reunió con él en el pasillo.

—¿Eran grandes? —preguntó, fascinada.

Max dudó un segundo.

—Las arañas, Max. ¿Eran grandes?

—Como un puño —respondió Max solemnemente.

—¡Guau!

CAPÍTULO TRES

Al día siguiente, poco antes del amanecer, Max pudo oír cómo una figura envuelta en la bruma nocturna le susurraba unas palabras al oído. Se incorporó de golpe, con el corazón latiéndole con fuerza y la respiración entrecortada. Estaba solo en su habitación. La imagen de aquella silueta oscura murmurando en la penumbra con la que había soñado se desvaneció en unos segundos. Extendió la mano hasta la mesita de noche y encendió la lamparilla que Maximilian Carver había reparado la tarde anterior.

A través de la ventana, las primeras luces del día despuntaban sobre el bosque. Una niebla recorría lentamente el campo de hierbas salvajes y la brisa abría claros a través de los cuales se entreveían las siluetas del jardín de estatuas. Max tomó su reloj de bolsillo de la mesita de noche y lo abrió. Las esferas de lunas sonrientes brillaban como láminas de oro. Faltaban unos minutos para las seis de la mañana.

Max se vistió en silencio y bajó la escalera, sigilosamente, con la intención de no despertar al resto de la familia. Se dirigió hacia la cocina, donde los restos de la cena de la noche anterior permanecían en la mesa de madera. Abrió la puerta que daba al patio trasero y salió al exterior. El aire frío y húmedo del amanecer mordía la piel. Max cruzó el lugar silenciosamente hasta la puerta de la cerca y, cerrándola a sus espaldas, se adentró en la niebla en dirección al jardín de estatuas.

*   *   *

El camino a través de la niebla se le hizo más largo de lo que imaginaba. Desde la ventana de su habitación, el recinto de piedra parecía encontrarse a unos cien metros de la casa. Sin embargo, mientras caminaba entre las hierbas salvajes, Max tenía la sensación de haber recorrido más de trescientos metros cuando, de entre la bruma, emergió el portal de lanzas del jardín de estatuas.

Una cadena oxidada rodeaba los barrotes de metal ennegrecido, sellada con un viejo candado que el tiempo había teñido de un color mortecino. Max apoyó el rostro entre las lanzas de la puerta y examinó el interior. La maleza había ido ganando terreno durante los años y confería al lugar el aspecto de un invernadero abandonado. Max pensó que probablemente nadie había puesto los pies en aquel lugar en mucho tiempo y que quien fuera el guardián de aquel jardín de estatuas hacía ya muchos años que había desaparecido.

Max miró alrededor y encontró una piedra del tamaño de su mano junto al muro del jardín. La asió y golpeó con fuerza el candado que unía los extremos de la cadena una y otra vez, hasta que el aro envejecido cedió a los envites de la piedra. La cadena quedó libre, balanceándose sobre los barrotes como trenzas de una cabellera metálica. Max empujó con fuerza el portón y sintió cómo éste cedía perezosamente hacia el interior. Cuando la abertura entre las dos hojas de la puerta fue lo suficientemente amplia como para permitirle pasar, Max descansó un segundo y entró en el recinto.

Una vez en el interior, advirtió que el lugar era mayor de lo que había creído en un principio. A primera vista, hubiera jurado que había cerca de una veintena de estatuas semiocultas en la vegetación. Avanzó unos pasos y se adentró en el jardín salvaje. Aparentemente, las figuras estaban dispuestas en círculos concéntricos y Max se dio cuenta por primera vez de que todas miraban hacia el oeste. Las estatuas parecían formar parte de un mismo conjunto y representaban algo semejante a una *troupe* circense. A medida que caminaba entre ellas, Max distinguió las figuras de un domador, un faquir con un turbante y nariz aguileña, una mujer contorsionista, un forzudo y toda una galería de personajes escapados de un circo fantasmal.

En el centro del jardín de estatuas descansaba sobre un pedestal una gran figura que representaba un payaso sonriente y de cabellera erizada. Tenía el brazo extendido y con el puño, enfundado en un guante desproporcionadamente grande, parecía golpear un objeto invisible en el aire. A sus pies, Max distinguió una gran losa de piedra sobre la que se intuía un dibujo en relieve. Se arrodilló y apartó la maleza que cubría la superficie fría para descubrir una gran estrella de seis puntas rodeada por un círculo. Max reconoció el símbolo, idéntico al que había sobre las lanzas de la puerta.

Al contemplar la estrella, Max comprendió que lo que al principio le habían parecido círculos concéntricos en la colocación de las estatuas era en realidad una réplica de la figura de la estrella de seis puntas. Cada una de las figuras del jardín se alzaba en los puntos de intersección de las líneas que formaban la estrella. Max se incorporó y contempló el espectáculo fantasmal a su alrededor. Recorrió con la mirada cada una de las estatuas, envueltas en los tallos de la hierba salvaje que se agitaba al viento, hasta detenerse de nuevo en el gran payaso. Un escalofrío le recorrió el cuerpo y dio un paso atrás. La mano de la figura, que segundos antes había visto cerrada en un puño, ahora estaba abierta con la palma extendida, en señal de invitación. Durante un segundo Max sintió que el aire frío del amanecer le quemaba la garganta y pudo notar el palpitar de su corazón en las sienes.

Lentamente, como si temiese despertar a las estatuas de su sueño perpetuo, rehízo el camino hasta la verja del recinto sin dejar de mirar a sus espaldas a cada paso que daba. Cuando hubo cruzado la puerta le pareció que la casa de la playa estaba muy lejos. Sin pensarlo dos veces echó a correr y esta vez no miró atrás hasta llegar a la cerca del patio trasero. Cuando lo hizo, el jardín de estatuas estaba sumergido de nuevo en la niebla.

* * *

El olor a mantequilla y tostadas inundaba la cocina. Alicia miraba con desgana su desayuno mientras la pequeña Irina servía algo de leche a su gato recién adoptado en un plato que el felino no se dignó tocar. Max contempló la escena, pensando para sus adentros que las preferencias gastronómicas del animal iban por otros derroteros, tal como había comprobado el día anterior. Maximilian Carver sostenía una taza humeante de café en las manos y contemplaba eufórico a su familia.

—Esta mañana temprano he estado haciendo investigación en el garaje —empezó, adoptando el tono de *aquí viene el misterio* que solía utilizar cuando deseaba que los demás le preguntasen qué había averiguado.

Max conocía tan bien las estrategias del relojero que a veces se preguntaba quién era el padre y quién el hijo.

—¿Y qué has encontrado? —concedió Max.

—No te lo vas a creer —respondió su padre, aunque Max pensó «seguro que sí»—. Un par de bicicletas.

Max enarcó las cejas inquisitivamente.

—Están algo viejas, pero con un pelín de grasa en las cadenas pueden convertirse en un par de bólidos —explicó Maximilian Carver—. Y había algo más. ¿A que no sabéis qué otra cosa he encontrado en el garaje?

—Un oso hormiguero —murmuró Irina, sin dejar de mimar a su compañero gatuno.

Con sólo ocho años, la hija pequeña de los Carver había desarrollado ya una táctica demoledora para minar la moral de su padre.

—No —repuso el relojero, visiblemente molesto—. ¿Nadie se anima a adivinar?

Max advirtió por el rabillo del ojo cómo su madre había estado observando la escena y, en vista de que nadie parecía muy interesado en las hazañas detectivescas de su marido, se lanzaba al rescate.

—¿Un álbum de fotos? —sugirió Andrea Carver con su tono de voz más dulce.

—Casi, casi —contestó el relojero, animado de nuevo—. ¿Max?

Su madre lo miró de soslayo. Max asintió.

—No sé. ¿Un diario?

—No. ¿Alicia?

—Me rindo —replicó Alicia, visiblemente ausente.

—Bien, bien. Preparaos —empezó Maximilian Carver—. Lo que he encontrado es un proyector. Un proyector de cine. Y una caja llena de películas.

—¿Qué clase de películas? —atajó Irina, apartando la mirada de su gato por primera vez en un cuarto de hora.

Maximilian Carver se encogió de hombros.

—No sé. Películas. ¿No es fascinante? Tenemos un cine en casa.

—Eso en el caso de que el proyector funcione —dijo Alicia.

—Gracias por los ánimos, hija, pero te recuerdo que tu padre se gana la vida arreglando máquinas averiadas.

Andrea Carver colocó ambas manos sobre los hombros de su marido.

—Me alegro de oír eso, señor Carver —dijo—, porque convendría que alguien tuviese una conversación con la caldera del sótano.

—Déjamela a mí —contestó el relojero, levantándose de la mesa.

Alicia siguió su ejemplo.

—Señorita —interrumpió Andrea Carver—, primero el desayuno. No lo has tocado.

—No tengo hambre.

—Yo me lo comeré —sugirió Irina.

Andrea Carver negó tal posibilidad rotundamente.

—No se quiere poner gorda —susurró maliciosamente Irina a su gato.

—No puedo comer con esa cosa meneando el rabo por aquí y soltando pelos —atajó Alicia.

Irina y el felino la miraron con idéntico desprecio.

—Cursi —sentenció Irina, saliendo al patio con el animal.

—¿Por qué siempre dejas que se salga con la suya? Cuando yo tenía su edad, no me dejabas pasar ni la mitad de cosas —protestó Alicia.

—¿Vamos a empezar otra vez con eso? —dijo Andrea Carver con voz calma.

—No he empezado yo —repuso su hija mayor.

—Está bien. Lo siento. —Andrea Carver acarició levemente la larga cabellera de Alicia, que ladeó la cabeza, esquivando el mimo conciliador—. Pero acábate el desayuno. Por favor.

En aquel momento, un estruendo metálico sonó bajo sus pies. Todos se miraron entre sí.

—Vuestro padre en acción —murmuró Andrea Carver mientras apuraba su taza de café.

Rutinariamente, Alicia empezó a masticar una tostada mientras Max trataba de quitarse de la cabeza la imagen de aquella mano extendida y la mirada desorbitada del payaso que sonreía en la niebla del jardín de estatuas.

CAPÍTULO CUATRO

Las bicicletas que Maximilian Carver había rescatado del limbo en el pequeño garaje del patio estaban en mejor estado de lo que Max había esperado. De hecho, parecía como si prácticamente no hubiesen sido utilizadas. Armado de un par de gamuzas y un líquido especial para limpiar metales que su madre siempre llevaba consigo, Max descubrió que bajo la capa de mugre y moho ambas bicicletas estaban nuevas y relucientes. Con ayuda de su padre, engrasó cadena y piñones e hinchó las ruedas.

—Es probable que tengamos que cambiar las cámaras —explicó Maximilian Carver—, pero de momento ya valen para ir tirando.

Una de las bicicletas era más pequeña que la otra y, mientras las limpiaba, Max no dejaba de preguntarse si el doctor Fleischmann habría comprado aquellas bicicletas años atrás con la esperanza de pasear con Jacob por el camino de la playa. Maximilian Carver leyó en la mirada de su hijo la sombra de culpabilidad.

—Estoy seguro de que el viejo doctor hubiese estado encantado de que usases la bicicleta.

—Yo no estoy tan seguro —murmuró Max—. ¿Por qué las dejarían aquí?

—Los malos recuerdos te persiguen sin necesidad de llevarlos contigo —contestó Maximilian Carver—. Supongo que ya nadie volvió a utilizarlas. A ver, súbete. Vamos a probarlas.

Pusieron las bicicletas en tierra y Max ajustó la altura del sillín, probando a la vez la tensión de los cables del freno.

—Habría que poner algo más de grasa en los frenos —sugirió Max.

—Me lo suponía —corroboró el relojero, y puso manos a la obra—. Oye, Max.

—Sí, papá.

—No les des demasiadas vueltas a lo de las bicicletas, ¿de acuerdo? Lo que le sucedió a aquella pobre familia no tiene nada que ver con nosotros. No sé si debí contároslo —añadió el relojero con una sombra de preocupación en el semblante.

—No importa. —Max tensó el freno de nuevo—. Así está perfecto.

—Pues andando.

—¿No vienes conmigo? —preguntó Max.

—Esta tarde, si aún te quedan ánimos, te pegaré

la paliza de tu vida. Pero a las once tengo que ver a un tal Fred en el pueblo, que me cederá un local para instalar la tienda. Hay que pensar en el negocio.

Maximilian Carver empezó a recoger las herramientas y a limpiarse las manos con una de las gamuzas. Max contempló a su padre preguntándose cómo debía de haber sido Maximilian Carver a su edad. La costumbre familiar era decir que ambos se parecían, pero también formaba parte de esa costumbre decir que Irina se parecía a Andrea Carver, lo cual no era más que uno de esos estúpidos tópicos que abuelas, tías y toda esa galería de primos insoportables que aparecen en las comidas de Navidad repetían año tras año como gallinas cluecas.

—Max en uno de sus trances —comento Maximilian Carver, sonriendo.

—¿Sabías que junto al bosque detrás de la casa hay un jardín de estatuas? —espetó Max, sorprendido de escucharse a sí mismo formular la pregunta.

—Supongo que hay muchas cosas por aquí que aún no hemos visto. El mismo garaje está repleto de cajas y esta mañana he visto que el sótano de la caldera parece un museo. Me parece que si vendemos toda la chatarra que hay en esta casa a un anticuario, no tendré ni que abrir la tienda; viviremos de renta.

Maximilian Carver dirigió a su hijo una mirada inquisitiva.

—Oye, si no pruebas, esa bicicleta volverá a cubrirse de mugre y se transformará en un fósil.

—Ya lo es —dijo Max, dando el primer golpe de pedal a la bicicleta que Jacob Fleischmann nunca llegó a estrenar.

Max pedaleó por el camino de la playa en dirección al pueblo, bordeando una larga hilera de casas de aspecto similar a la nueva residencia de los Carver, que desembocaba justo a la entrada de la pequeña bahía, donde estaba el puerto de los pescadores. Apenas se podían contar más de cuatro o cinco barcas fondeadas en los viejos muelles y la mayoría de las embarcaciones eran pequeños botes de madera que no superaban los cuatro metros de eslora y que los pescadores locales utilizaban para batir con viejas redes la costa a unos cien metros de la playa.

Max sorteó con la bicicleta el laberinto de barcas en reparación sobre los muelles y las pilas de cajas de madera de la lonja local. Con la vista fija en el pequeño faro, Max enfiló el espigón curvo que cerraba el puerto como una media luna. Una vez llegó al extremo, dejó la bicicleta apoyada junto al faro y se sentó a descansar sobre una de las grandes piedras del otro lado del dique, mordidas por los envites del mar. Desde allí podía contemplar el océano extenderse como una lámina de luz cegadora hasta el infinito.

Apenas llevaba unos minutos sentado frente al

mar, cuando pudo ver otra bicicleta conducida por un muchacho alto y delgado que se acercaba por el muelle. El chico, al que Max le calculó una edad de dieciséis o diecisiete años, guió su bicicleta hasta el faro y la dejó junto a la de Max. Luego, lentamente, se retiró la densa cabellera del rostro y caminó hacia el lugar donde Max descansaba.

—Hola. ¿Tú eres de la familia que se ha instalado en la casa al final de la playa?

Max asintió.

—Soy Max.

El chico, de tez intensamente bronceada por el sol y penetrantes ojos verdes, le tendió la mano.

—Roland. Bienvenido *a ciudad aburrimiento*.

Max sonrió y aceptó la mano de Roland.

—¿Qué tal la casa? ¿Os gusta? —preguntó el muchacho.

—Hay opiniones divididas. A mi padre le encanta. El resto de la familia lo ve diferente —explicó Max.

—Conocí a tu padre hace unos meses, cuando vino al pueblo —dijo Roland—. Me pareció un tipo divertido. ¿Relojero, verdad?

Max asintió.

—Es un tipo divertido —corroboró Max—, a veces. Otras se le meten en la cabeza ideas como la de mudarse aquí.

—¿Por qué habéis venido al pueblo? —preguntó Roland.

—La guerra —contestó Max—. Mi padre piensa que no es un buen momento para vivir en la ciudad. Supongo que tiene razón.

—La guerra —repitió Roland, bajando la mirada—. A mí me reclutarán en septiembre.

Max se quedó mudo. Roland advirtió su silencio y sonrió de nuevo.

—Tiene su parte buena —dijo—. A lo mejor es mi último verano en el pueblo.

Max le devolvió tímidamente la sonrisa, pensando que en unos años, si la guerra no había terminado, también él recibiría el aviso de alistarse en el ejército. Incluso en un día de luz deslumbrante como aquél, el fantasma invisible de la guerra envolvía el futuro con un manto de tinieblas.

—Supongo que todavía no has visto el pueblo —dijo Roland.

Max negó.

—Bien, novato. Coge la bici. Empezamos la visita turística sobre ruedas.

* * *

Max tenía que hacer un esfuerzo extra para mantener el ritmo de Roland y, cuando apenas llevaban doscientos metros pedaleados desde la punta del espigón, empezó a notar las primeras gotas de sudor deslizarse por su frente y por sus costados. Roland se volvió y le dirigió una sonrisa socarrona.

—Falta de práctica, ¿eh? La vida de la ciudad te ha hecho perder la forma —le gritó, sin aflojar la marcha.

Max siguió a Roland a través del paseo que bordeaba la costa para luego internarse en las calles del pueblo. Cuando Max empezaba a rezagarse, Roland aminoró la velocidad hasta detenerse junto a una gran fuente de piedra en el centro de una plaza. Max pedaleó hasta allí y dejó la bicicleta en el suelo. El agua brotaba deliciosamente fresca de la fuente.

—No te lo aconsejo —dijo Roland, leyendo sus pensamientos—. Flato.

Max respiró profundamente y sumergió la cabeza bajo el chorro de agua fría.

—Iremos más despacio —concedió Roland.

Max permaneció bajo el año de la fuente unos segundos y luego se recostó contra la piedra, la cabeza chorreándole la ropa. Roland le sonreía.

—La verdad es que no esperaba que aguantases tanto. Éste —señaló alrededor— es el centro del pueblo. La plaza del ayuntamiento. Ese edificio son los juzgados, pero ya no se usan. Los domingos hay mercado. Y por las noches, en verano, proyectan películas en la pared del ayuntamiento. Normalmente viejas y con las bobinas mal ordenadas.

Max asintió débilmente, recuperado el aliento.

—Suena fascinante, ¿eh? —rió Roland—. También hay una biblioteca, pero si hay más de sesenta libros me dejo cortar una mano.

—¿Y uno qué hace aquí? —consiguió articular Max—. Aparte de ir en bici.

—Buena pregunta, Max. Veo que empiezas a entenderlo. ¿Seguimos?

Max suspiró y ambos volvieron a las bicicletas.

—Pero ahora *yo* marco el ritmo —exigió Max. Roland se encogió de hombros y pedaleó.

* * *

Durante un par de horas Roland guió a Max arriba y abajo del pequeño pueblo y los alrededores. Contemplaron los acantilados del extremo sur, donde Roland le reveló que se encontraba el mejor lugar para bucear, junto a un viejo barco hundido en 1918 y que ahora se había transformado en una jungla submarina con toda clase de algas extrañas. Roland explicó que, durante una terrible tormenta nocturna, el buque embarrancó en las peligrosas rocas que yacían a escasos metros de la superficie. La furia del temporal y la oscuridad de la noche apenas quebrada por el fragor de los relámpagos hicieron que todos los tripulantes del navío perecieran ahogados en el naufragio. Todos excepto uno. El único superviviente de aquella tragedia fue un ingeniero que, en reconocimiento a la providencia que quiso salvar su vida, se instaló en el pueblo y construyó un gran faro en lo alto de los escarpados acantilados de la montaña que presidía el escenario de aquella noche. Aquel hombre, ahora ya anciano, seguía siendo el guardián del faro y no era otro que el «abuelo adoptivo» de Roland. Después del naufragio, una pareja del pueblo llevó al farero al hospital y cuidó de él hasta que éste se restableció completamente. Algunos años más tarde, ambos fallecieron en un accidente de automóvil y el farero se hizo cargo del pequeño Roland, que apenas contaba un año.

Roland vivía con él en la casa del faro, aunque pasaba la mayor parte del tiempo en la cabaña que él mismo había construido en la playa, al pie de los acantilados.

A todos los efectos, el farero *era* su verdadero abuelo. La voz de Roland revelaba cierta amargura mientras le relataba estos hechos, que Max escuchó en silencio y sin hacer preguntas. Tras el relato del naufragio, anduvieron por las calles aledañas a la vieja iglesia, donde Max conoció a algunos de los aldeanos, gente afable que se apresuró a darle la bienvenida al pueblo.

Finalmente, Max, exhausto, decidió que no era necesario conocer todo el pueblo en una mañana y que si, como parecía, iba a pasar unos cuantos años allí, tiempo habría de descubrir sus misterios si es que los había.

—También es verdad —coincidió Roland—. Oye, en verano casi todas las mañanas, voy a bucear al barco hundido. ¿Quieres venir conmigo mañana?

—Si buceas como montas en bicicleta me ahogaré —dijo Max.

—Tengo gafas y unas aletas de sobra —explicó Roland.

La oferta sonaba tentadora.

—De acuerdo. ¿Tengo que llevar algo?

Roland negó.

—Yo lo llevaré todo. Bueno... bien pensado, trae el desayuno. Te recojo a las nueve en tu casa.

—Nueve y media.

—No te duermas.

Cuando Max empezó a pedalear de vuelta a la casa de la playa, las campanas de la iglesia anunciaban las tres de la tarde y el sol empezaba a ocultarse tras un manto de nubes oscuras que parecían presagiar la lluvia. Mientras se alejaba, Max se volvió un segundo a mirar atrás. De pie junto a su bicicleta, Roland le saludaba con la mano.

* * *

La tormenta se abatió sobre el pueblo como un siniestro espectáculo de feria ambulante. En unos minutos, el cielo se transformó en una bóveda plomiza y el mar adquirió un tinte metálico y opaco, como una inmensa balsa de mercurio. Los primeros relámpagos vinieron acompañados de la ventisca que empujaba la tormenta desde el mar. Max pedaleó con fuerza, pero el aguacero le alcanzó de pleno cuando todavía le quedaban unos quinientos metros de camino hasta la casa de la playa. Cuando llegó a la cerca blanca, estaba tan empapado como si acabase de emerger del mar. Corrió a dejar la bicicleta en la caseta del garaje y entró en la casa por la puerta del patio trasero. La cocina estaba desierta, pero un apetitoso olor flotaba en el ambiente. En la mesa, Max localizó una bandeja con bocadillos de carne y una jarra de limonada casera. Junto a ella había una nota escrita con la estilizada caligrafía de Andrea Carver.

Max, ésta es tu comida. Tu padre y yo estaremos en el pueblo toda la tarde por asuntos de la casa. NO se te ocurra utilizar el baño del piso de arriba. Irina viene con nosotros.

Max dejó la nota y decidió llevar la bandeja a su habitación. El maratón ciclista de aquella mañana lo había dejado exhausto y hambriento. La casa parecía vacía. Alicia no estaba o se había encerrado en su habitación. Max se dirigió directamente a la suya, se cambió de ropa y se tendió en la cama a saborear los exquisitos bocadillos que su madre había dejado para él. Afuera, la lluvia golpeaba con fuerza y los truenos hacían temblar las ventanas. Max encendió la pequeña lamparilla de su mesita y tomó el libro sobre Copérnico que Maximilian Carver le había regalado. Había empezado a leer cuatro veces el mismo párrafo cuando descubrió que se moría de ganas de ir a bucear al día siguiente junto al buque hundido con su nuevo amigo Roland. Engulló los bocadillos en menos de diez minutos y luego cerró los ojos, escuchando sólo el repiqueteo de la lluvia sobre el techo y los cristales. Le gustaba la lluvia y el sonido del agua resbalando por el canalillo de desagüe que recorría el borde del tejado.

Cuando llovía con fuerza, Max sentía que el tiempo se detenía. Era como una tregua en la cual uno podía dejar de hacer cualquier cosa que le ocupase en aquel momento y sencillamente acercarse a contemplar el espectáculo de aquella infinita cortina de lágrimas del cielo desde una ventana, durante horas. Dejó de nuevo el libro sobre la mesita y apagó la luz. Lentamente, envuelto en el sonido hipnótico de la lluvia, se rindió al sueño.

CAPÍTULO CINCO

Las voces de la familia en el piso inferior y el correteo de Irina escaleras arriba y abajo lo despertaron. Ya había anochecido pero Max pudo ver cómo la tormenta había pasado dejando a sus espaldas una alfombra de estrellas en el cielo. Echó un vistazo a su reloj y comprobó que había dormido cerca de seis horas. Se estaba incorporando cuando unos nudillos golpearon en su puerta.

—Es hora de cenar, bella durmiente —rugió la voz eufórica de Maximilian Carver al otro lado.

Por un segundo, Max se preguntó por qué motivo se mostraría ahora tan alegre su padre. Pronto recordó la sesión cinematográfica que había prometido aquella misma mañana durante el desayuno.

—Ahora bajo —contestó sintiendo todavía el sabor pastoso de los bocadillos de carne en la boca.

—Más te vale —replicó el relojero, ya de camino hacia la planta inferior.

Aunque no sentía el más mínimo apetito, Max bajó a la cocina y se sentó a la mesa junto al resto de la familia. Alicia miraba ensimismada su plato, sin apenas tocarlo. Irina devoraba con fruición su ración y murmuraba palabras ininteligibles a su detestable gato, que la miraba fijamente a sus pies. Cenaron en calma mientras Maximilian Carver explicaba que había encontrado un local excelente en el pueblo para instalar la relojería y empezar el negocio de nuevo.

—¿Y qué has hecho tú, Max? —preguntó Andrea Carver.

—He estado en el pueblo. —El resto de la familia lo miró, como si esperasen más detalles—. Conocí a un chico, Roland. Mañana vamos a ir a bucear.

—Max ya ha hecho un amigo —exclamó Maximilian Carver, triunfal—. ¿Veis lo que os decía?

—¿Y cómo es el tal Roland, Max? —preguntó Andrea Carver.

—No sé. Simpático. Vive con su abuelo, el guardián del faro. Me ha estado enseñando un montón de cosas del pueblo.

—¿Y dónde dices que vais a bucear? —preguntó su padre.

—En la playa del sur, al otro lado del puerto. Según Roland, allí hay los restos de un barco hundido hace muchos años.

—¿Puedo ir? —interrumpió Irina.

—No —atajó Andrea Carver—. ¿No será peligroso, Max?

—Mamá...

—De acuerdo —concedió Andrea Carver—. Pero ve con cuidado.

Max asintió.

—Yo, de joven, era un buen buceador —empezó Maximilian Carver.

—Ahora no, cielo —cortó su esposa—. ¿No nos ibas a pasar unas películas?

Maximilian Carver se encogió de hombros y se levantó, dispuesto a hacer gala de proyeccionista.

—Échale una mano a tu padre, Max.

Por un segundo, antes de hacer lo que se le pedía, Max miró de soslayo a su hermana Alicia, que había permanecido en silencio durante toda la cena. Su mirada ausente parecía proclamar a gritos lo lejos que estaba de allí, pero por algún motivo que Max no acertaba a comprender, nadie más lo advertía o prefería no hacerlo. Por un momento Alicia le devolvió la mirada. Max trató de sonreírle.

—¿Quieres venir mañana con nosotros? —ofreció—. Te gustará Roland.

Alicia sonrió débilmente y, sin pronunciar palabra, asintió mientras una brizna de luz se encendía en sus ojos oscuros y sin fondo.

* * *

—Todo listo. Luces fuera —dijo Maximilian Carver mientras acaba de enhebrar la bobina de película en el proyector. El aparato parecía provenir de la era del mismísimo Copérnico y Max tenía sus dudas respecto a si funcionaría o no.

—¿Qué es lo que vamos a ver? —inquirió Andrea Carver, acunando en sus brazos a Irina.

—No tengo la menor idea —confesó el relojero—. Hay una caja en el garaje con decenas de películas sin ninguna indicación. He cogido unas cuantas al azar. No me extrañaría que no se viese nada. Las emulsiones del celuloide se estropean con mucha facilidad y después de todos estos años lo más probable es que se hayan desprendido de la película.

—¿Eso qué significa? —interrumpió Irina—. ¿No vamos a ver nada?

—Sólo hay un modo de averiguarlo —contestó Maximilian Carver mientras giraba el interruptor del proyector.

En unos segundos, el sonido de motocicleta vieja del aparato cobró vida y el haz parpadeante del objetivo atravesó la sala como una lanza de luz. Max concentró la mirada en el rectángulo proyectado sobre la pared blanca. Era como mirar en el interior de una linterna mágica, sin saber a ciencia cierta qué visiones podían escaparse de tal invento. Contuvo el aliento y en unos instantes la pared se inundó de imágenes.

* * *

Bastaron apenas unos segundos para que Max comprendiera que aquella película no procedía del almacén de ningún viejo cine. No se trataba de una copia de algún filme famoso, ni siquiera de un rollo perdido de algún serial mudo. Las imágenes borrosas y arañadas por el tiempo delataban la evidente condición de aficionado de quien las había tomado. No era más que una película casera, probablemente rodada años atrás por el antiguo dueño de la casa, el doctor Fleischmann. Max supuso que lo mismo podría decirse del resto de los rollos que su padre había encontrado en el garaje junto al vetusto proyector. Las ilusiones del cineclub particular de Maximilian Carver se habían venido abajo en menos de un minuto.

La película mostraba torpemente un paseo por lo que parecía un bosque. La cinta había sido rodada mientras el operador caminaba lentamente entre los árboles y la imagen avanzaba a trompicones, con bruscos cambios de luz y enfoque que apenas permitían reconocer el lugar en el que se desarrollaba tan extraño paseo.

—Pero ¿qué es esto? —exclamó Irina, visiblemente decepcionada, mirando a su padre que contemplaba perplejo la extraña y, a la vista del primer minuto de proyección, insufriblemente aburrida película.

—No sé —murmuró Maximilian Carver, hundido—. No esperaba esto...

Max también había empezado a perder interés en la película cuando algo llamó su atención en la caótica cascada de imágenes.

—¿Y si pruebas con otro rollo, cariño? —sugirió Andrea Carver, tratando de salvar del naufragio la ilusión de su marido por el supuesto archivo cinematográfico del garaje.

—Espera —cortó Max, reconociendo una silueta familiar en la película.

Ahora la cámara había salido del bosque y avanzaba hacia lo que parecía un recinto cerrado por altos muros de piedra con un alto portón de lanzas. Max conocía aquel lugar; había estado allí el día anterior.

Fascinado, Max contempló cómo la cámara tropezaba ligeramente para luego adentrarse en el interior del jardín de estatuas.

—Parece un cementerio —murmuró Andrea Carver—. ¿Qué es eso?

La cámara recorrió unos metros por el interior del jardín de estatuas. En la película, el lugar no ofrecía el aspecto de abandono en que él lo había descubierto. No había atisbo de las hierbas salvajes y la superficie del suelo de piedra estaba limpia y pulida, como si un cuidadoso guardián se ocupase de mantener aquel recinto inmaculado día y noche.

La cámara se detuvo en cada una de las estatuas dispuestas en los puntos cardinales de la gran estrella que podía distinguirse claramente al pie de las figuras. Max reconoció los rostros de piedra blanca y sus ropajes de feriantes de circo ambulante. Había algo inquietante en la tensión y la postura adoptada por los cuerpos de aquellas figuras fantasmales y en la mueca teatral de sus rostros enmascarados tras una inmovilidad que tan sólo parecía aparente.

La película fue mostrando a los componentes de la banda circense sin corte alguno. La familia contempló aquella visión espectral en silencio, sin más ruido que el quejumbroso traqueteo del proyector.

Finalmente, la cámara se dirigió hacia el centro de la estrella trazada sobre la superficie del jardín de estatuas. La imagen reveló la silueta a contraluz del payaso sonriente, sobre el que convergían todas las demás estatuas. Max observó detenidamente las facciones de aquel rostro y sintió de nuevo aquel escalofrío que le había recorrido el cuerpo cuando lo había tenido frente a frente. Había algo en la imagen que no concordaba con lo que Max recordaba de su visita al jardín de estatuas, pero la deficiente calidad de la película le impidió obtener una visión clara del conjunto de la estatua que le permitiese advertir qué era. La familia Carver permaneció en silencio mientras los últimos metros de película corrían bajo el haz del proyector. Maximilian Carver paró el aparato y encendió la luz.

—Jacob Fleischmann —murmuró Max—. Éstas son las películas caseras de Jacob Fleischmann.

Su padre asintió en silencio. Se había acabado la sesión de cine y Max sintió por unos segundos que la presencia de aquel invitado invisible que casi diez años atrás se había ahogado a pocos metros de allí, en la playa, impregnaba cada rincón de aquella casa, cada peldaño de la escalera, y le hacía sentir como un intruso.

Sin mediar más palabras, Maximilian Carver empezó a desmantelar el proyector y Andrea Carver cogió a Irina en brazos y se la llevó escaleras arriba para acostarla.

—¿Puedo dormir contigo? —preguntó Irina, abrazándose a su madre.

—Deja esto —dijo Max a su padre—. Yo lo guardaré.

Maximilian sonrió a su hijo y le palmeó la espalda, asintiendo.

—Buenas noches, Max. —El relojero se volvió hacia su hija—. Buenas noches, Alicia.

—Buenas noches, papá —contestó Alicia observando cómo su padre enfilaba la escalera hacia el piso de arriba con un aire de cansancio y decepción.

Cuando los pasos del relojero se perdieron, Alicia miró a Max fijamente.

—Prométeme que no le dirás a nadie lo que voy a contarte.

Max asintió.

—Prometido. ¿De qué se trata?

—El payaso. El de la película —empezó Alicia—. Lo he visto antes. En un sueño.

—¿Cuando? —preguntó Max, sintiendo que el pulso se le aceleraba.

—La noche antes de venir a esta casa —respondió su hermana.

Max se sentó frente a Alicia. Era difícil leer las emociones en aquel rostro, pero Max intuyó una sombra de temor en los ojos de la muchacha.

—Explícamelo —solicitó Max—. ¿Qué soñaste exactamente?

—Es raro, pero en el sueño era, no sé, diferente —dijo Alicia.

—¿Diferente? —preguntó Max—. ¿En qué forma?

—No era un payaso. No sé —respondió ella encogiéndose de hombros, como si tratase de restar importancia al hecho, aunque su voz temblorosa traicionaba sus pensamientos—. ¿Crees que significa algo?

—No —mintió Max—, probablemente no.

—Supongo que no —corroboró Alicia—. ¿Lo de mañana sigue en pie? Ir a bucear...

—Claro. ¿Te despierto?

Alicia sonrió a su hermano menor. Era la primera vez que Max la veía sonreír en meses, tal vez en años.

—Estaré despierta —contestó Alicia mientras se dirigía a su habitación—. Buenas noches.

—Buenas noches —contestó Max.

Max esperó a oír como la puerta de la habitación de Alicia se cerraba y se sentó en la butaca del salón, junto al proyector. Desde allí podía oír a sus padres hablar a media voz en su habitación. El resto de la casa se sumió en el silencio nocturno, apenas enturbiado por el sonido del mar rompiendo en la playa. Max vio que alguien lo miraba desde el pie de la escalera. Los ojos amarillentos y brillantes del gato de Irina lo observaban fijamente. Max devolvió la mirada al felino.

—Largo —le ordenó.

El gato le sostuvo la mirada durante unos segundos y luego se perdió en las sombras. Max se incorporó y empezó a recoger el proyector y la película. Pensó en llevar de nuevo el equipo al garaje pero la idea de salir afuera en plena noche le resultó poco seductora. Apagó las luces de la casa y subió a su cuarto. Atisbó a través de la ventana en dirección al jardín de estatuas, indistinguible en la negrura de la noche. Se tendió en la cama y apagó la lamparilla de la mesita de noche.

Al contrario de lo que Max esperaba, la última imagen que desfiló por su mente aquella madrugada antes de sucumbir al sueño no fue el siniestro paseo cinematográfico por el jardín de estatuas, sino aquella sonrisa inesperada de su hermana Alicia minutos antes en el salón. Había sido un gesto aparentemente insignificante pero, por algún motivo que no acertaba a comprender, Max intuyó que se había abierto una puerta entre ellos y que, desde aquella noche, nunca volvería a ver a su hermana como a una desconocida.

CAPÍTULO SEIS

Poco después del amanecer, Alicia se despertó y descubrió que tras el cristal de su ventana dos profundos ojos amarillos la miraban fijamente. Alicia se incorporó de golpe y el gato de Irina, sin prisa, se retiró del alféizar de la ventana. Detestaba a aquel animal, su conducta altiva y aquel olor penetrante que lo precedía y delataba su presencia antes de que entrase en una habitación. No era la primera vez que lo había sorprendido escrutándola furtivamente. Desde el momento en que Irina consiguió traer el odioso felino a la casa de la playa, Alicia había observado que a menudo el animal permanecía inmóvil durante minutos, vigilante, espiando los movimientos de algún miembro de la familia desde el umbral de una puerta o escondido en las sombras. Secretamente, Alicia acariciaba la idea de que algún perro callejero diera buena cuenta de él en alguno de sus paseos nocturnos.

* * *

En el exterior, el cielo estaba perdiendo el tinte púrpura que siempre acompañaba al alba y los primeros rayos de un intenso sol se perfilaban sobre el bosque que se extendía más allá del jardín de estatuas. Todavía faltaban por lo menos un par de horas para que el amigo de Max pasara a buscarles. Volvió a arroparse en la cama y, aunque sabía que no volvería a dormirse otra vez, cerró los ojos y escuchó el sonido distante del mar rompiendo en la playa.

Una hora más tarde, Max golpeó suavemente en su puerta con los nudillos.

Alicia bajó la escalera de puntillas. Max y su amigo esperaban afuera, en el porche. Antes de salir se detuvo un segundo en el vestíbulo y pudo escuchar las voces de los dos chicos charlando. Respiró hondo y abrió la puerta.

Max, apoyado en la baranda del porche, se volvió y sonrió. Junto a él había un chico de tez profundamente bronceada y cabello pajizo que le sacaba casi un palmo a Max.

—Éste es Roland —intervino Max—. Roland, mi hermana Alicia.

Roland asintió cordialmente y desvió la vista hacia las bicicletas, pero a Max no se le escapó el juego de miradas que en cuestión de décimas de segundo se había cruzado entre su amigo y Alicia.

Sonrió para sus adentros y pensó que aquello iba a ser más divertido de lo que esperaba.

—¿Cómo lo hacemos? —preguntó Alicia—. Sólo hay dos bicicletas.

—Yo creo que Roland puede llevarte en la suya —respondió Max—. ¿No, Roland?

Roland clavó la vista en el suelo.

—Sí, claro —murmuró—. Pero tú llevas el equipo.

Con un tensor, Max sujetó el equipo de buceo que Roland había traído en la plataforma de detrás del sillón de su bicicleta. Sabía que había otra bicicleta en el cobertizo del garaje, pero la idea de que Roland llevase a su hermana le divertía. Alicia se sentó sobre la barra de la bicicleta y se aferró al cuello de Roland. Bajo la piel curtida por el sol, Max advirtió que Roland luchaba inútilmente por no sonrojarse.

—Lista —dijo Alicia—. Espero no pesar demasiado.

—Andando —sentenció Max y empezó a pedalear por el camino de la playa seguido de Roland y Alicia.

Al poco, Roland le tomó la delantera y, una vez más, Max tuvo que apretar la marcha para no quedarse rezagado.

—¿Vas bien? —preguntó Roland a Alicia.

Alicia asintió y contempló cómo la casa de la playa se iba perdiendo en la distancia.

* * *

La playa del extremo sur, al otro lado del pueblo, formaba una media luna extensa y desolada. No era una playa de arena, sino que estaba cubierta por pequeños guijarros pulidos por el mar y plagados de conchas y restos marinos que el oleaje y la marea dejaban secarse al sol. Tras la playa, ascendiendo casi en vertical, se levantaba una pared de acantilados escarpados en cuya cima, oscura y solitaria, se alzaba la torre del faro.

—Ése es el faro de mi abuelo —señaló Roland mientras dejaban las bicicletas junto a uno de los caminos que descendían entre las rocas hasta la playa.

—¿Vivís los dos ahí? —preguntó Alicia.

—Más o menos —respondió Roland—. Con el tiempo he construido una pequeña cabaña aquí abajo, en la playa, y se puede decir que casi es mi casa.

—¿Tu propia cabaña? —inquirió Alicia, tratando de localizarla con la vista.

—Desde aquí no la verás —aclaró Roland—. En realidad era un viejo cobertizo de pescadores abandonado. La arreglé y ahora no está mal. Ya la veréis.

Roland los guió hasta la playa y una vez allí se quitó las sandalias. El sol se alzaba en el cielo y el mar brillaba como plata fundida. La playa estaba desierta y una brisa impregnada de salitre soplaba desde el océano.

—Vigilad con estas piedras. Yo estoy acostumbrado, pero es fácil caerse si no tienes práctica.

Alicia y su hermano siguieron a Roland a través de la playa hasta su cabaña. Se trataba de una pequeña cabina de madera pintada de azul y rojo. La cabaña tenía un pequeño porche y Max advirtió un farol oxidado que pendía de una cadena.

—Eso es del barco —explicó Roland—. He sacado un montón de cosas de allí abajo y las he traído a la cabaña. ¿Qué os parece?

—Es fantástica —exclamó Alicia—. ¿Duermes aquí?

—A veces, sobre todo en verano. En invierno, aparte del frío, no me gusta dejar solo al abuelo arriba.

Roland abrió la puerta de la cabaña y cedió el paso a Alicia y Max.

—Adelante. Bienvenidos a palacio.

El interior de la cabaña de Roland parecía uno de esos viejos bazares de antigüedades marineras. El botín que el chico había arrebatado durante años al mar relucía en la penumbra como un museo de misteriosos tesoros de leyenda.

—No son más que baratijas —dijo Roland—, pero las colecciono. A lo mejor hoy sacamos algo.

El resto de la cabaña se componía de un viejo

armario, una mesa, unas cuantas sillas y un camastro sobre el que había unas estanterías con algunos libros y una lámpara de aceite.

—Me encantaría tener una casa como ésta —murmuró Max.

Roland sonrió, escéptico.

—Se aceptan ofertas —bromeó Roland, visiblemente orgulloso ante la impresión que su cabaña había despertado en sus amigos—. Bueno, ahora al agua.

Siguieron a Roland hasta la orilla de la playa y una vez allí Roland empezó a deshacer el fardo que contenía el equipo de buceo.

—El barco está a unos veinticinco o treinta metros de la orilla. Esta playa es más profunda de lo que parece; a los tres metros ya no se hace pie. El casco está a unos diez metros de profundidad —explicó Roland.

Alicia y Max se dirigieron una mirada que se explicaba por sí sola.

—Sí, la primera vez no es recomendable tratar de llegar abajo. A veces, cuando hay mar de fondo, se forman corrientes y puede ser peligroso. Una vez me llevé un susto de muerte.

Roland tendió unas gafas y unas aletas a Max.

—Bueno. Sólo hay equipo para dos. ¿Quién baja primero?

Alicia señaló a Max con el índice extendido.

—Gracias —susurró Max.

—No te preocupes, Max —lo tranquilizó Roland—. Todo es empezar. La primera vez que bajé por poco me da algo. Había una morena enorme en una de las chimeneas.

—¿Una qué? —saltó Max.

—Nada —repuso Roland—. Es una broma. No hay bichos allí abajo. Te lo prometo. Y es raro, porque normalmente los barcos hundidos son como un zoológico de peces. Pero éste no. No les gusta, supongo. Oye, no te irá a coger miedo ahora, ¿verdad?

—¿Miedo? —dijo Max—. ¿Yo?

Aunque Max se estaba colocando las aletas, observó cómo Roland le hacía una cuidadosa radiografía a su hermana mientras ésta se quitaba el vestido de algodón y se quedaba con su bañador blanco, el único que tenía. Alicia se adentró en el agua hasta que le cubrió las rodillas.

—Oye —le susurró—, es mi hermana, no un pastel. ¿De acuerdo?

Roland le dirigió una mirada de complicidad.

—Tú la has traído, no yo —respondió con una sonrisa gatuna.

—Al agua —cortó Max—. Te vendrá bien.

Alicia se volvió y los contempló ataviados como buzos, con una mueca burlona.

—¡Qué pintas! —les dijo sin poder reprimir la risa.

Max y Roland se miraron a través de las gafas de buceo.

—Una última cosa —apuntó Max—, yo nunca he hecho esto antes. Bucear, quiero decir. He nadado en piscinas, claro, pero no estoy seguro de si sabré...

Roland puso los ojos en blanco.

—¿Sabes respirar debajo del agua? —le preguntó.

—He dicho que no sabía bucear, no que fuese tonto —repuso Max.

—Si sabes aguantar la respiración en el agua, sabes bucear —aclaró Roland.

—Id con cuidado —apuntó Alicia—. Oye, Max, ¿seguro que esto es una buena idea?

—No pasará nada —aseguró Roland, y se volvió a Max a la vez que le palmeaba el hombro—. Usted primero, capitán Nemo.

* * *

Max se sumergió por primera vez en su vida bajo la superficie del mar y descubrió cómo se abría ante sus ojos atónitos un universo de luz y sombras que sobrepasaba cuanto había imaginado. Los haces del sol se filtraban en cortinas neblinosas de claridad que ondeaban lentamente y la superficie se había convertido ahora en un espejo opaco y danzante. Contuvo la respiración unos segundos más y volvió a emerger a por aire. Roland, a un par de metros de él, lo vigilaba atentamente.

—¿Todo bien? —preguntó.

Max asintió, entusiasmado.

—¿Lo ves? Es fácil. Nada junto a mí —indicó Roland antes de sumergirse de nuevo.

Max dirigió una última mirada a la orilla y vio cómo Alicia lo saludaba, sonriente. Le devolvió el saludo y se apresuró a nadar junto a su compañero, mar adentro. Roland lo guió hasta un punto en el cual la playa parecía lejana, aunque Max sabía que apenas mediaba una treintena de metros hasta la orilla. A ras de mar, las distancias crecían. Roland le tocó el brazo y señaló hacia el fondo. Max tomó aire e introdujo la cabeza en el agua, ajustándose las gomas de las gafas de buceo. Sus ojos tardaron un par de segundos en acostumbrarse a la débil penumbra submarina. Sólo entonces pudo admirar el espectáculo del casco hundido del barco, tumbado sobre el costado y envuelto en una mágica luz espectral. El buque debía de medir alrededor de cincuenta metros, quizá más, y tenía una profunda brecha abierta desde la proa hasta la sentina. La vía abierta sobre el casco parecía una herida negra y sin fondo infligida por afiladas garras de piedra. Sobre la proa, bajo una capa cobriza de óxido y algas, se podía leer el nombre del barco, *Orpheus*.

El *Orpheus* tenía aspecto de haber sido en su día un viejo carguero, no un barco de pasajeros. El acero resquebrajado del buque estaba surcado de pequeñas algas pero, tal como Roland había dicho, no había un solo pez nadando sobre el casco. Los dos amigos lo recorrieron desde la superficie, deteniéndose cada seis o siete metros para contemplar con detalle los restos del naufragio. Roland había dicho que el barco se encontraba a unos diez metros de profundidad, pero, desde allí, a Max aquella distancia le parecía infinita. Se preguntó cómo se las había arreglado Roland para recuperar todos aquellos objetos que habían visto en su cabaña de la playa. Como si hubiese leído sus pensamientos, su amigo le hizo una seña para que esperase en la superficie y se sumergió batiendo poderosamente las aletas.

Max observó a Roland, que descendía hasta tocar el casco del *Orpheus* con la punta de los dedos. Una vez allí, asiéndose cuidadosamente a los salientes del barco, fue reptando hasta la plataforma que en su día había sido el puente de mando. Desde su posición, Max podía distinguir todavía la rueda del timón y otros instrumentos en el interior. Roland nadó hasta la puerta del puente, que yacía abatida, y entró en el barco. Max sintió una punzada de inquietud al ver a su amigo desaparecer en el interior del buque hundido. No apartó los ojos de aquella compuerta mientras Roland nadaba por el interior del puente, preguntándose qué podría hacer si sucedía algo. A los pocos segundos, Roland emergió de nuevo del puente y ascendió rápidamente hacia él, dejando a su espalda una guirnalda de burbujas. Max sacó la cabeza a la superficie y respiró profundamente. El rostro de Roland apareció a un metro del suyo, con una sonrisa de oreja a oreja.

—¡Sorpresa! —exclamó.

Max comprobó que sostenía algo en la mano.

—¿Qué es eso? —inquirió Max, señalando el extraño objeto metálico que Roland había rescatado del puente.

—Un sextante.

Max enarcó las cejas. No tenía ni idea de lo que su amigo estaba diciendo.

—Un sextante es un cacharro que se usa para calcular la posición en el mar —explicó Roland, con la voz entrecortada después del esfuerzo de mantener la respiración durante casi un minuto—. Voy a volver a bajar. Aguántamelo.

Max empezó a articular una protesta, pero Roland se zambulló de nuevo sin darle apenas tiempo a abrir la boca. Inhaló profundamente y volvió a sumergir la cabeza para seguir la inmersión de Roland. Esta vez, su compañero nadó a lo largo del casco hasta la popa del buque. Max aleteó siguiendo la trayectoria de Roland. Contempló a su amigo acercarse a un ojo de buey y tratar de mirar en el interior del barco. Max contuvo la respiración hasta que sintió que los pulmones le ardían y soltó entonces todo el aire, listo para emerger de nuevo y respirar.

Sin embargo, en aquel último segundo, sus ojos descubrieron una visión que lo dejó helado. A través de la tiniebla submarina, ondeaba una vieja bandera podrida y deshilachada prendida a un mástil en la popa del *Orpheus*. Max la observó detenidamente y reconoció el símbolo casi desvanecido que todavía podía distinguirse en ella: una estrella de seis puntas sobre un círculo. Max sintió que un escalofrío le recorría el cuerpo. Había visto aquella estrella antes, en la verja de lanzas del jardín de estatuas.

El sextante de Roland se le escapó de entre los dedos y se hundió en la oscuridad. Presa de un temor indefinible, Max nadó atropelladamente hacia la orilla.

* * *

Media hora más tarde, sentados a la sombra del porche de la cabaña, Roland y Max contemplaban a Alicia mientras recogía viejas conchas entre las piedras de la orilla.

—¿Estás seguro de haber visto ese símbolo antes, Max?

Max asintió.

—A veces, bajo el agua, las cosas parecen ser lo que no son —empezó Roland.

—Sé lo que vi —cortó Max—. ¿De acuerdo?

—De acuerdo —concedió Roland—. Viste un símbolo que según tú está también en esa especie de cementerio que hay detrás de vuestra casa. ¿Y qué?

Max se levantó y se encaró a su amigo.

—¿Y qué? ¿Te vuelvo a repetir toda la historia?

Max había pasado los veinticinco últimos minutos explicándole a Roland todo cuanto había visto en el jardín de estatuas, incluida la película de Jacob Fleischmann.

—No hace falta —respondió secamente Roland.

—Entonces, ¿cómo es posible que no me creas? —espetó Max—. ¿Crees que me invento todo esto?

—No he dicho que no te crea, Max —dijo Roland sonriendo ligeramente a Alicia, que había vuelto de su paseo por la orilla con una pequeña bolsa llena de conchas—. ¿Ha habido suerte?

—Esta playa es un museo —respondió Alicia haciendo tintinear la bolsa con sus capturas.

Max, impaciente, puso los ojos en blanco.

—¿Me crees entonces? —cortó, clavando sus ojos en Roland.

Su amigo le devolvió la mirada y permaneció en silencio unos segundos.

—Te creo, Max —murmuró, desviando la vista hacia el horizonte, sin poder ocultar una sombra de tristeza en el rostro. Alicia advirtió el cambio en el semblante de Roland.

—Max dice que tu abuelo viajaba en ese barco la noche en que se hundió —dijo ella, colocando su mano sobre el hombro del muchacho—. ¿Es verdad?

Roland asintió vagamente.

—Fue el único superviviente —respondió.

—¿Qué pasó? —preguntó Alicia—. Perdona. A lo mejor no quieres hablar de eso.

Roland negó y sonrió a los dos hermanos.

—No, no me importa. —Max le miraba, expectante—. Y no es que no crea tu historia, Max. Lo que pasa es que no es la primera vez que alguien me habla de ese símbolo.

—¿Quién más lo ha visto? —preguntó Max, boquiabierto—. ¿Quién te ha hablado de él?

Roland sonrió.

—Mi abuelo. Desde que era un niño. —Roland señaló el interior de la cabaña—. Empieza a refrescar. Entremos; os explicaré la historia de ese barco.

* * *

Al principio Irina creyó estar oyendo la voz de su madre en el piso de abajo. Andrea Carver a menudo hablaba sola mientras deambulaba por la casa y a ningún miembro de la familia le sorprendía el hábito maternal de dar voz a sus pensamientos. Un segundo después, sin embargo, Irina vio a través de la ventana cómo su madre despedía a Maximilian Carver mientras el relojero se disponía a ir al pueblo acompañado por uno de los transportistas que les había ayudado a traer el equipaje desde la estación días atrás. Irina comprendió que, en aquel momento, estaba sola en la casa y que, por tanto, aquella voz que había creído oír debía de haber sido una ilusión. Hasta que volvió a oírla, esta vez en la misma habitación, como un susurro que atravesara las paredes.

La voz parecía provenir del armario y sonaba como un murmullo lejano cuyas palabras era imposible distinguir. Por primera vez desde que habían llegado a la casa de la playa, Irina sintió miedo. Clavó los ojos en la oscura puerta cerrada del armario y comprobó que había una llave en la cerradura. Sin pensarlo un instante, corrió hacia el mueble y giró atropelladamente la llave hasta que la puerta estuvo cerrada a cal y canto. Retrocedió un par de metros y respiró profundamente. Entonces oyó aquel sonido de nuevo y comprendió que no era una voz, sino varias voces susurrando a un tiempo.

—¿Irina? —llamó su madre desde el piso de abajo.

La cálida voz de Andrea Carver la rescató del trance en que estaba sumida. Una sensación de tranquilidad la envolvió.

—Irina, si estás arriba, baja a ayudarme un momento.

Nunca en meses había tenido Irina tantas ganas de ayudar a su madre, fuera cual fuese la tarea que la esperaba. Se disponía a correr escaleras abajo cuando, tras sentir cómo una brisa helada le acariciaba el rostro y atravesaba repentinamente la estancia, la puerta de la habitación se cerró de golpe. Irina corrió hasta ella y forcejeó con el pomo, que parecía atascado. Mientras luchaba inútilmente por abrir aquella puerta, pudo oír cómo, a sus espaldas, la cerradura del armario giraba lentamente sobre sí misma y aquellas voces, que parecían provenir de lo más profundo de la casa, reían.

* * *

—Cuando era niño —explicó Roland—, mi abuelo me relató tantas veces esta historia que durante años he soñado con ella. Todo empezó cuando vine a vivir a este pueblo, hace muchos años, después de perder a mis padres en un accidente de automóvil.

—Lo siento, Roland —interrumpió Alicia, quien intuía que, pese a la amable sonrisa de su amigo y a que parecía dispuesto a contarles la historia de su abuelo y del barco, remover aquellos recuerdos le resultaba más difícil de lo que quería mostrar.

—Yo era muy pequeño. Apenas les recuerdo —dijo Roland evitando la mirada de Alicia, a quien aquella pequeña mentira no podía engañar.

—¿Qué sucedió entonces? —insistió Max.

Alicia lo fulminó con la mirada.

—El abuelo se hizo cargo de mí y me instalé con él en la casa del faro. Él era ingeniero y desde hacía años era el farero de este tramo de costa. El ayuntamiento le había concedido el puesto de por vida, después de que construyese prácticamente con sus manos ese faro en 1919. Es una historia curiosa, ya veréis.

»El 23 de junio de 1918, mi abuelo embarcó en el puerto de Southampton a bordo del *Orpheus*, pero de incógnito. El *Orpheus* no era un barco de pasajeros, sino un carguero de mala fama. Su capitán era un holandés borracho y corrupto hasta la médula que lo utilizaba como buque de alquiler al mejor postor. Sus clientes favoritos solían ser los contrabandistas que querían cruzar el canal de la Mancha. El *Orpheus* tenía tal fama que incluso los destructores alemanes lo reconocían y, por piedad, no lo hundían cuando se tropezaban con él. De todas formas, hacia el final de la guerra, el negocio empezó a flojear y el holandés errante, como lo apodaba mi abuelo, tuvo que buscarse otros asuntos más turbios para pagar las deudas de juego que había acumulado en los últimos meses. Parece ser que, en una de sus noches de mala racha, que solían ser la mayoría, el capitán perdió hasta la camisa en una partida con un tal Mister Caín. Este Mister Caín era el dueño de un circo ambulante. Como pago, Mister Caín exigió al holandés que embarcase a toda la *troupe* del circo y los transportase de incógnito al otro lado del Canal. Pero el supuesto circo de Mister Caín escondía algo más que unas simples barracas de feria y les interesaba desaparecer cuanto antes y, por supuesto, ilegalmente. El holandés accedió. ¿Qué otro remedio le quedaba? O lo hacía o perdía directamente el barco.

—Un momento —interrumpió Max—. ¿Qué tenía que ver tu abuelo con todo eso?

—A eso voy —continuó Roland—. Como he dicho, el tal Mister Caín, aunque ése no era su verdadero nombre, ocultaba muchas cosas. Mi abuelo le venía siguiendo el rastro desde hacía mucho tiempo. Tenían una cuenta pendiente y mi abuelo pensó que, si Mister Caín y sus secuaces cruzaban el Canal, sus posibilidades de cazarlos se evaporarían para siempre.

—¿Por eso embarcó en el *Orpheus*? —preguntó Max—. ¿Como un polizón?

Roland asintió.

—Hay algo que no entiendo —dijo Alicia—. ¿Por qué no avisó a la policía? Él era un ingeniero, no un gendarme. ¿Qué clase de cuenta tenía pendiente con ese Mister Caín?

—¿Puedo acabar la historia? —preguntó Roland.

Max y su hermana asintieron a la vez.

—Bien. El caso es que embarcó —continuó Roland—. El *Orpheus* zarpó al mediodía y esperaba llegar a su destino en noche cerrada, pero las cosas se complicaron. Una tormenta se desencadenó pasada la medianoche y devolvió el barco hacia la costa. El *Orpheus* se estrelló contra las rocas del acantilado y se hundió en apenas unos minutos. Mi abuelo

salvó la vida porque estaba oculto en un bote salvavidas. Los demás se ahogaron.

Max tragó saliva.

—¿Quieres decir que los cuerpos aún están ahí
abajo?

—No —respondió Roland—. Al amanecer del
día siguiente, una niebla barrió la costa durante
horas. Los pescadores locales encontraron a mi
abuelo inconsciente en esta misma playa. Cuando
se disipó la niebla, varios botes de pescadores ras-
trearon la zona del naufragio. Nunca encontraron
ningún cuerpo.

—Pero, entonces... —interrumpió Max, en voz
baja.

Con un gesto, Roland le indicó que le dejase
continuar.

—Llevaron a mi abuelo al hospital del pueblo y
estuvo delirando allí durante días. Cuando se recuperó, decidió que, en gratitud a cómo se le había
tratado, construiría un faro en lo alto del acantilado para evitar que una tragedia como aquélla volvie-
ra a repetirse. Con el tiempo, él mismo se convirtió
en el guardián del faro.

Los tres amigos permanecieron en silencio por
espacio de casi un minuto después de escuchar el
relato de Roland. Finalmente, este último intercambió una mirada con Alicia y después con Max.

—Roland —dijo Max, haciendo un esfuerzo por
encontrar palabras que no hiriesen a su amigo—,

hay algo en esa historia que no encaja. Creo que tu abuelo no te lo ha contado todo.

Roland permaneció callado unos segundos. Luego, con una débil sonrisa en los labios, miró a los dos hermanos y asintió varias veces, muy lentamente.

—Lo sé —murmuró—. Lo sé.

* * *

Irina sintió cómo sus manos se entumecían al intentar forzar el pomo sin ningún resultado. Sin aliento, se volvió y se apretó con todas sus fuerzas contra la puerta de la habitación. No pudo evitar clavar sus ojos en la llave que giraba en la cerradura del armario.

Finalmente, la llave detuvo su giro e, impulsada por dedos invisibles, cayó al suelo. Muy lentamente, la puerta del armario empezó a abrirse. Irina trató de gritar, pero sintió que le faltaba el aire para articular ni siquiera un susurro.

Desde la penumbra del armario, emergieron dos ojos brillantes y familiares. Irina suspiró. Era su gato. Era tan sólo su gato. Por un segundo había creído que el corazón se le iba a parar de puro pánico. Se arrodilló para aupar al felino y advirtió entonces que tras el gato, en el fondo del armario, había alguien más. El felino abrió sus fauces y emitió un silbido grave y estremecedor, como el de una serpiente, para después fundirse de nuevo en la oscuridad, con su amo. Una sonrisa de luz se encendió en la tiniebla y dos ojos brillantes como oro candente se posaron sobre los suyos mientras aquellas voces, al unísono, pronunciaban su nombre. Irina gritó con todas sus fuerzas y se lanzó contra la puerta, que cedió a su empuje haciéndola caer en el suelo del corredor. Sin perder un instante, se abalanzó escaleras abajo, sintiendo el aliento frío de aquellas voces en la nuca.

En una fracción de segundo, Andrea Carver contempló paralizada a su hija Irina saltar desde lo alto de la escalera con el rostro encendido de pánico. Gritó su nombre, pero ya era demasiado tarde. La pequeña cayó rodando como un peso muerto hasta el último peldaño. Andrea Carver se lanzó hacia la niña y tomó la cabeza en sus brazos. Una lágrima de sangre le recorría la frente. Palpó su cuello y sintió un pulso débil. Luchando contra la histeria, Andrea Carver alzó el cuerpo de su hija y trató de pensar qué debía hacer en aquel momento.

Mientras los peores cinco segundos de su vida desfilaban ante ella con infinita lentitud, Andrea Carver alzó la vista a lo alto de la escalera. Desde el último peldaño, el gato de Irina la escrutaba fijamente. Sostuvo la mirada cruel y burlona del animal durante una fracción de segundo y después, sintiendo el cuerpo de su hija latir en sus brazos, reaccionó y corrió al teléfono.

CAPÍTULO SIETE

Cuando Max, Alicia y Roland llegaron a la casa de la playa, el coche del médico todavía estaba allí. Roland dirigió a Max una mirada interrogadora. Alicia saltó de la bicicleta y corrió hacia el porche, consciente de que algo andaba mal. Maximilian Carver, con los ojos vidriosos y el semblante pálido, les recibió en la puerta.

—¿Qué ha pasado? —murmuró Alicia.

Su padre la abrazó. Alicia dejó que los brazos de Maximilian Carver la rodeasen y sintió el temblor de sus manos.

—Irina ha tenido un accidente. Está en coma. Estamos esperando la ambulancia para llevarla al hospital.

—¿Mamá está bien? —gimió Alicia.

—Está adentro. Con Irina y el médico. Aquí no se puede hacer nada más —respondió el relojero con la voz hueca, cansina.

Roland, callado e inmóvil al pie del porche, tragó saliva.

—¿Se pondrá bien? —preguntó Max, pensando que la pregunta resultaba estúpida en aquellas circunstancias.

—No lo sabemos —murmuró Maximilian Carver, que trató inútilmente de sonreírles y entró de nuevo en la casa—. Voy a ver si tu madre necesita algo.

Los tres amigos se quedaron clavados en el porche, silenciosos como tumbas. Tras unos segundos, Roland rompió el silencio.

—Lo siento...

Alicia asintió. Al poco, la ambulancia enfiló la carretera y se acercó a la casa. El médico salió a recibirla. En cuestión de minutos, los dos enfermeros entraron en la casa y sacaron en una camilla a Irina, envuelta en una manta. Max cazó al vuelo una visión de la tez blanca como la cal de su hermana pequeña y sintió que el estómago se le caía a los pies. Andrea Carver, con el rostro crispado y los ojos hinchados y enrojecidos, subió a la ambulancia y dirigió una última mirada desesperada a Alicia y a Max. Los enfermeros corrieron a sus puestos. Maximilian Carver se acercó a los dos hermanos.

—No me gusta que os quedéis solos. Hay un pequeño hotel en el pueblo; tal vez...

—No nos va a pasar nada, papá. Ahora no te preocupes por eso —repuso Alicia.

—Llamaré desde el hospital y os dejaré el número. No sé el tiempo que estaremos fuera. No sé si hay algo que...

—Ve, papá —cortó Alicia, abrazando a su padre—. Todo saldrá bien.

Maximilian Carver esbozó una última sonrisa entre lágrimas y subió a la ambulancia. Los tres amigos contemplaron en silencio las luces del vehículo perderse en la distancia mientras los últimos rayos del sol languidecían sobre el manto púrpura del crepúsculo.

—Todo saldrá bien —repitió Alicia para sí misma.

* * *

Una vez se hubieron procurado ropa seca (Alicia le prestó a Roland unos pantalones y una camisa viejos de su padre), la espera de las primeras noticias se hizo interminable. Las lunas sonrientes de la esfera del reloj de Max indicaban que faltaban apenas unos minutos para las once de la noche cuando sonó el teléfono. Alicia, que estaba sentada entre Roland y Max en los escalones del porche, se levantó de un salto y corrió al interior de la casa. Antes de que el teléfono acabara de sonar por segunda vez, tomó el auricular y miró a Max y a Roland, asintiendo.

—De acuerdo —dijo, tras unos segundos—. ¿Cómo está mamá?

Max podía oír el murmullo de la voz de su padre a través del teléfono.

—No te preocupes —dijo Alicia—. No. No hace falta. Sí, estaremos bien. Llama mañana.

Alicia hizo una pausa y asintió.

—Lo haré —aseguró—. Buenas noches, papá.

Alicia colgó el teléfono y miró a su hermano.

—Irina está en observación —explicó—. Los médicos han dicho que tiene conmoción, pero sigue en coma. Dicen que se curará.

—¿Seguro que han dicho eso? —replicó Max—. ¿Y mamá?

—Imagínatelo. De momento pasarán allí esta noche. Mamá no quiere ir a un hotel. Volverán a llamar mañana a las diez.

—¿Y ahora qué? —preguntó tímidamente Roland.

Alicia se encogió de hombros y trató de dibujar una sonrisa tranquilizadora en su rostro.

—¿Alguien tiene hambre? —preguntó a los dos muchachos.

Max se sorprendió a sí mismo al descubrir que estaba hambriento. Alicia suspiró y esbozó una sonrisa de cansancio.

—Me parece que a los tres nos vendría bien cenar algo —concluyó—. ¿Votos en contra?

En unos minutos, Max preparó unos bocadillos mientras Alicia exprimía unos limones para hacer limonada.

Los tres amigos cenaron en la banqueta del porche, bajo la tenue claridad del farol amarillento que ondeaba a la brisa nocturna, envuelto en una nube danzante de pequeñas mariposas de la noche. Frente a ellos, la luna llena se alzaba sobre el mar y confería a la superficie del agua la apariencia de un lago infinito de metal incandescente.

Cenaron en silencio, contemplando el mar y escuchando el murmullo de las olas. Cuando hubieron dado buena cuenta de los bocadillos y la limonada, los tres amigos intercambiaron una mirada de complicidad.

—No creo que esta noche vaya a pegar ojo —dijo Alicia, incorporándose y oteando el horizonte de luz en el mar.

—No creo que ninguno lo hagamos —corroboró Max.

—Tengo una idea —dijo Roland con una sonrisa pícara en los labios—. ¿Os habéis bañado alguna vez por la noche?

—¿Es una broma? —espetó Max.

Sin mediar palabra, Alicia miró a los dos muchachos, los ojos brillantes y enigmáticos, y se encaminó tranquilamente hacia la playa. Max contempló atónito cómo su hermana se adentraba en la arena y, sin volver la vista atrás, se desprendía del vestido de algodón blanco.

Alicia se detuvo unos segundos al borde de la orilla, la piel pálida y brillante bajo la claridad evanescente y azulada de la luna, y después, lentamente, su cuerpo se sumergió en aquella inmensa balsa de luz.

—¿No vienes, Max? —dijo Roland, siguiendo los pasos de Alicia en la arena.

Max negó en silencio, observando cómo su amigo se zambullía en el mar y oyó las risas de su hermana entre el susurro del mar.

Permaneció allí en silencio, decidiendo si aquella palpable corriente eléctrica que parecía vibrar entre Roland y su hermana, un vínculo que escapaba a su definición y al que se sabía ajeno, le entristecía o no. Mientras los veía juguetear en el agua Max supo, probablemente antes de que ellos mismos lo advirtieran, que entre ambos se estaba forjando un estrecho lazo que habría de unirles como un destino irrebatible durante aquel verano.

Al pensar en ello vinieron a su mente las sombras de la guerra que se libraba tan cerca y a la vez tan lejos de aquella playa, una guerra sin rostro que muy pronto reclamaría a su amigo Roland y, tal vez, a él mismo. Pensó también en todo lo que había sucedido durante aquel largo día, desde la visión fantasmagórica del *Orpheus* bajo las aguas, el relato de Roland en la cabaña de la playa y el accidente de Irina. Lejos de las risas de Alicia y Roland, una profunda inquietud se apoderó de su ánimo. Sentía que, por primera vez en su vida, el tiempo transcurría más rápido de lo que deseaba y que ya no podía refugiarse en el sueño de los años pasados. La rueda de la fortuna había empezado a girar y, esta vez, él no había tirado los dados.

* * *

Más tarde, a la lumbre de una improvisada hoguera en la arena, Alicia, Roland y Max hablaron por primera vez de lo que les estaba rondando por la cabeza a todos desde hacía horas. La luz dorada del fuego se reflejaba en los rostros húmedos y brillantes de Alicia y Roland. Max les observó detenidamente y se decidió a hablar.

—No sé cómo explicarlo, pero creo que algo está pasando —empezó—. No sé lo que es, pero hay demasiadas coincidencias. Las estatuas, ese símbolo, el barco...

Max esperaba que ambos le contradijesen o que con palabras de sensatez que él no acertaba a encontrar, lo tranquilizasen y le hicieran ver que sus inquietudes no eran sino producto de un día demasiado largo, en el que habían sucedido demasiadas cosas que él se había tomado demasiado en serio. Sin embargo, nada de eso sucedió. Alicia y Roland asintieron en silencio, sin apartar los ojos del fuego.

—Tú soñaste con aquel payaso, ¿no es verdad? —preguntó Max.

Alicia asintió.

—Hay algo que no os dije antes —continuó Max—. Anoche, cuando todos os fuisteis a dormir, volví a ver la película que Jacob Fleischmann había rodado en el jardín de estatuas. Yo estuve en ese jardín hace dos días. Las estatuas estaban en otra posición, no sé.... es como si se hubiesen movido. Lo que yo vi no es lo que mostraba la película.

Alicia miró a Roland, que contemplaba hechizado la danza de las llamas en el fuego.

—Roland, ¿nunca te habló tu abuelo de todo esto?

El muchacho pareció no haber escuchado la pregunta. Alicia posó su mano sobre la de Roland y éste alzó la mirada.

—He soñado con ese payaso cada verano desde que tengo cinco años —dijo con un hilo de voz.

Max leyó el miedo en el rostro de su amigo.

—Creo que tendríamos que hablar con tu abuelo, Roland —dijo Max.

Roland asintió débilmente.

—Mañana —prometió con una voz casi inaudible—. Mañana.

CAPÍTULO OCHO

Poco antes del amanecer, Roland montó de nuevo en su bicicleta y pedaleó de vuelta a la casa del faro. Mientras recorría la carretera de la playa, un pálido resplandor ámbar empezaba a teñir una bóveda de nubes bajas. Su mente ardía de inquietud y excitación. Aceleró la marcha hasta el límite de sus fuerzas, con la vana esperanza de que el castigo físico aplacase los miles de interrogantes y temores que le golpeaban interiormente.

Una vez cruzada la bahía del puerto y tras dirigirse hacia el camino ascendente que conducía al faro, Roland detuvo la bicicleta y recuperó el aliento. En lo alto de los acantilados, el haz del faro rebanaba las últimas sombras de la noche como una cuchilla de fuego a través de la niebla. Sabía que su abuelo permanecía todavía allí, expectante y silencioso, y que no dejaría su puesto hasta que la oscuridad se hubiera desvanecido completamente ante la luz del alba. Durante años, Roland había convivido con aquella malsana obsesión del anciano sin cuestionarse ni la razón ni la lógica de su conducta. Era sencillamente algo que había asimilado de niño, una faceta más de su vida diaria a la que había aprendido a no dar importancia.

Sin embargo, con el tiempo Roland había ido cobrando conciencia de que la historia del anciano hacía aguas. Pero nunca hasta ese día había comprendido tan claramente que su abuelo le había mentido o, al menos, no le había contado toda la verdad. No dudaba ni por un instante de la honestidad del viejo. De hecho, con el paso de los años su abuelo le había ido desvelando pedazo a pedazo las piezas de aquel extraño rompecabezas cuyo centro parecía ahora tan claro: el jardín de estatuas. Unas veces con palabras pronunciadas en sueños; otras, las más, con respuestas incompletas a las preguntas que Roland le formulaba. De alguna manera intuía que si su abuelo lo había mantenido al margen de su secreto, era para protegerlo. Aquel estado de gracia, sin embargo, parecía tocar a su fin y la hora de enfrentarse a la verdad se adivinaba cada vez más próxima.

Emprendió de nuevo la marcha mientras trataba de apartar por el momento aquel tema de su pensamiento. Llevaba despierto demasiadas horas y su cuerpo empezaba a acusar la fatiga. Una vez llegó a la casa del faro, dejó la bicicleta apoyada sobre la cerca y entró en la casa sin molestarse en encender la luz. Ascendió la escalera hasta su habitación y se desplomó sobre la cama como un peso muerto.

Desde la ventana de la habitación podía avistar el faro, que se alzaba a unos treinta metros de la casa, y, recortándose tras las vidrieras de su atalaya, la silueta inmóvil de su abuelo. Cerró los ojos y trató de conciliar el sueño.

Los acontecimientos de aquella jornada desfilaron por su mente, desde la bajada submarina al *Orpheus* al accidente de la pequeña hermana de Alicia y Max. Roland pensó que era extraño y reconfortante a la vez comprobar cómo tan sólo unas horas juntos los habían unido tanto. Al pensar ahora, en la soledad de su habitación, en los dos hermanos, sentía como si ellos fuesen desde aquel día sus dos amigos más íntimos, los dos compañeros con los que compartiría todos sus secretos y sus inquietudes.

Comprobó que sólo el hecho de pensar en ellos le transmitía una sensación de seguridad y compañía y que, en correspondencia, él sentía una profunda lealtad y gratitud por aquel pacto invisible que parecía haberles unido aquella noche en la playa.

Cuando finalmente el cansancio pudo más que la excitación acumulada a lo largo de todo el día, los últimos pensamientos de Roland mientras descendía a un sueño profundo y reparador no fueron para la misteriosa incertidumbre que se cernía sobre ellos ni para la sombría posibilidad de ser llamado a filas durante el otoño. Aquella noche, Roland se durmió plácidamente en los brazos de una visión que le habría de acompañar durante el resto de su vida: Alicia, apenas envuelta en la claridad de la luna, sumergía su piel blanca en un mar de luz de plata.

* * *

El día amaneció bajo un manto de nubes oscuras y amenazantes que se extendían desde más allá del horizonte y filtraban una luz mortecina y neblinosa que hacía pensar en un frío día de invierno. Apoyado en la baranda metálica del faro, Víctor Kray contempló la bahía a sus pies y pensó que los años en el faro le habían enseñado a reconocer la extraña y misteriosa belleza marchita de aquellos días plomizos y vestidos de tormenta que presagiaban la eclosión del verano en la costa.

Desde la atalaya del faro, el pueblo adquiría la curiosa apariencia de una maqueta cuidadosamente construida por un coleccionista. Más allá, enfilando al norte, la playa se extendía como una línea blanca interminable. En días de sol intenso, desde el mismo lugar donde ahora oteaba Víctor Kray, el casco del *Orpheus* podía distinguirse claramente bajo el mar, como si se tratase de un enorme fósil mecánico varado en la arena.

Aquella mañana, sin embargo, el mar se mecía como un lago oscuro y sin fondo. Mientras escrutaba la superficie impenetrable del océano, Víctor Kray pensó en los últimos veinticinco años que había pasado en aquel faro que él mismo había construido. Al volver la vista atrás, sentía cada uno de esos años como una pesada losa a sus espaldas.

Con el tiempo, la angustia secreta de aquella espera interminable le había hecho pensar que tal vez todo había sido una ilusión y que su obstinada obsesión lo había convertido en el centinela de una amenaza que sólo había existido en su propia imaginación. Pero, una vez más, los sueños habían vuelto. Por fin, los fantasmas del pasado habían despertado de un letargo de largos años y volvían a recorrer los pasillos de su mente. Y, con ellos, había vuelto el temor de ser ya demasiado viejo y débil para enfrentarse a su antiguo enemigo.

Desde hacía años apenas dormía más de dos o tres horas diarias; el resto de su tiempo lo pasaba prácticamente solo en el faro. Su nieto Roland tenía por costumbre dormir varias noches a la semana en su cabaña de la playa y no era extraño que a veces, durante días, apenas pasaran juntos un par de minutos. Aquel alejamiento de su propio nieto al que Víctor Kray se había condenado voluntariamente le proporcionaba al menos una cierta paz de espíritu, pues tenía la certeza de que el dolor que sentía por no poder compartir aquellos años de la vida del muchacho era el precio que debía pagar por la seguridad y la felicidad futura de Roland.

Pese a todo, cada vez que desde la torre del faro veía cómo el muchacho se zambullía en las aguas de la bahía junto al casco del *Orpheus*, sentía que se le helaba la sangre. Nunca había querido que Roland tuviera constancia de ello y desde su niñez había respondido a sus preguntas sobre el barco y sobre el pasado tratando de no mentir y, a la vez, de no contarle la verdadera naturaleza de los hechos. El día anterior, mientras contemplaba a Roland y a sus dos nuevos amigos en la playa, se había preguntado si tal vez aquél no había sido un grave error.

Estos pensamientos lo mantuvieron en el faro durante más tiempo del que acostumbraba a quedarse allí cada mañana. Habitualmente, volvía a casa antes de las ocho. Víctor Kray miró su reloj y comprobó que ya pasaban de las diez y media. Descendió la espiral metálica de la torre para encaminarse hacia la casa y aprovechar las escasas horas de sueño que su cuerpo le permitía. Por el camino, vio la bicicleta de Roland y que el muchacho había ido a dormir allí.

Cuando entró en la casa, tratando de no hacer ruido para no alterar el sueño de su nieto, descubrió que Roland le esperaba, sentado en una de las viejas butacas del comedor.

—No podía dormir, abuelo —dijo Roland, sonriendo al anciano—. He dormido un par de horas como un tronco y después me he despertado de golpe sin poder volverme a dormir.

—Sé lo que es eso —contestó Víctor Kray—, pero conozco un truco infalible.

—¿Cuál es? —inquirió Roland.

El anciano exhibió su pícara sonrisa, capaz de quitarle sesenta años de encima.

—Ponerse a cocinar. ¿Tienes hambre?

Roland consideró la pregunta. Lo cierto es que la imagen de tostadas con mantequilla, mermelada y huevos escalfados le producía un cosquilleo en el estómago. Sin darle más vueltas, asintió.

—Bien —dijo Víctor Kray—. Tú serás el pinche. Andando.

Roland siguió a su abuelo hasta la cocina y se dispuso a seguir las instrucciones del anciano.

—Como yo soy el ingeniero —explicó Víctor Kray—, freiré los huevos. Tú prepara las tostadas.

En cuestión de minutos, abuelo y nieto consiguieron llenar la cocina de humo e impregnar la casa de aquel aroma irresistible a desayuno recién preparado. Luego, ambos se sentaron frente a frente a la mesa de la cocina y brindaron con sendos vasos rebosantes de leche fresca.

—El desayuno de la gente que tiene que crecer —bromeó Víctor Kray, atacando con voracidad fingida su primera tostada.

—Ayer estuve en el barco —dijo Roland casi en un murmullo, bajando la vista.

—Lo sé —dijo y siguió sonriendo y masticando—. ¿Alguna novedad?

Roland dudó un segundo, dejó el vaso de leche y miró al anciano, que trataba de mantener su semblante risueño y despreocupado.

—Creo que algo malo está ocurriendo, abuelo —dijo finalmente—, algo que tiene que ver con unas estatuas.

Víctor Kray sintió que se le formaba un nudo de acero en el estómago. Dejó de masticar y abandonó la tostada a medio comer.

—Este amigo mío, Max, ha visto cosas —continuó Roland.

—¿Dónde vive tu amigo? —preguntó el anciano, con voz serena.

—En la vieja casa de los Fleischmann, en la playa.

Víctor Kray asintió lentamente.

—Roland, cuéntame todo lo que tú y tus amigos habéis visto. Por favor.

Roland se encogió de hombros y relató las incidencias de los últimos dos días, desde que había conocido a Max hasta la noche que acababa de finalizar.

Cuando hubo terminado su relato, miró a su abuelo, tratando de leer sus pensamientos. El anciano, imperturbable, le dedicó una sonrisa tranquilizadora.

—Acaba tu desayuno, Roland —indicó.

—Pero... —protestó el muchacho.

—Luego, cuando hayas acabado, ve a buscar a tus amigos y tráelos aquí —explicó el anciano—. Tenemos mucho de que hablar.

* * *

A las 11.34 de aquella mañana, Maximilian Carver telefoneó desde el hospital para comunicar a sus hijos las últimas novedades. La pequeña Iriña seguía mejorando lentamente, pero los médicos todavía no se atrevían a asegurar que estuviese fuera de peligro. Alicia comprobó que la voz de su padre reflejaba una cierta calma y que lo peor había pasado ya.

Cinco minutos más tarde, el teléfono sonó de nuevo. Esta vez era Roland, que llamaba desde el café del pueblo. Al mediodía se encontrarían en el faro. Cuando Alicia colgó el teléfono, la mirada hechizada que Roland le dirigió la noche anterior en la playa volvió a su mente. Se sonrió a sí misma y salió al porche, para comunicar a Max las noticias. Distinguió la silueta de su hermano sentado en la arena, mirando el mar. En el horizonte, los primeros destellos de una tormenta eléctrica encendieron una traca de luz en la bóveda del cielo. Alicia caminó hasta la orilla y se sentó junto a Max. El aire frío de aquella mañana le mordía la piel y deseó haber llevado consigo un buen jersey.

—Ha llamado Roland —dijo Alicia—. Su abuelo quiere vernos.

Max asintió en silencio, sin apartar la mirada del mar. Un rayo que caía sobre el océano quebró la línea del cielo.

—Te gusta Roland, ¿verdad? —preguntó Max, jugueteando con un puñado de arena entre los dedos.

Alicia consideró la pregunta de su hermano durante unos segundos.

—Sí —contestó—. Y creo que yo también le gusto a él. ¿Por qué, Max?

Max se encogió de hombros y lanzó el puñado de arena hasta la línea donde rompía la marea.

—No sé —dijo Max—. Pensaba en lo que dijo Roland de la guerra y eso. Que a lo mejor lo reclutaban después del verano... Es igual. Supongo que no es asunto mío.

Alicia se volvió a su hermano pequeño y buscó la mirada evasiva de Max. Arqueaba las cejas del mismo modo que Maximilian Carver y sus ojos grises reflejaban, como siempre, un mar de nervios sepultados a ras de piel.

Alicia rodeó con su brazo los hombros de Max y lo besó en la mejilla.

—Vamos dentro —dijo, sacudiendo la arena que se le había adherido al vestido—. Aquí hace frío.

CAPÍTULO NUEVE

Cuando llegaron al pie del camino que ascendía al faro, Max sintió que los músculos de sus piernas se convertirían en mantequilla en cuestión de segundos. Antes de partir, Alicia se había ofrecido a coger la otra bicicleta que todavía dormía a la sombra del cobertizo, pero Max había desdeñado la idea, ofreciéndose a llevarla tal como Roland había hecho el día anterior. Un kilómetro después, Max había empezado a arrepentirse de su bravata.

Como si su amigo hubiese intuido su sufrimiento durante la larga marcha, Roland esperaba con su bicicleta en la boca del camino. Al verlo, Max detuvo la marcha y dejó que su hermana descendiese. Respiró profundamente y se masajeó los muslos, agarrotados por el esfuerzo.

—Creo que has encogido unos cuatro o cinco centímetros —dijo Roland.

Max decidió no desperdiciar aliento contestando a la broma. Sin mediar palabra, Alicia subió a la bicicleta de Roland y emprendieron de nuevo el camino. Max esperó unos segundos antes de empezar a pedalear otra vez, cuesta arriba. Ya sabía en qué iba a gastar su primer sueldo: en una motocicleta.

* * *

El pequeño comedor de la casa del faro olía a café recién hecho y a tabaco de pipa. El suelo y las paredes eran de madera oscura y, al margen de una inmensa librería y algunos objetos marinos que Max no pudo identificar, apenas estaba decorado. Un hogar para quemar leña y una mesa recubierta con un manto de terciopelo oscuro rodeada de viejas butacas de piel descolorida eran todo el lujo de que Víctor Kray se había rodeado.

Roland indicó a sus amigos que tomasen asiento en las butacas y se acomodó en una silla de madera entre ambos. Esperaron durante cinco minutos, sin apenas cruzar palabra, mientras los pasos del anciano se oían en el piso de arriba.

Finalmente, el viejo farero hizo su aparición. No era tal como Max lo había imaginado. Víctor Kray era un hombre de mediana estatura, tez pálida y una generosa mata de pelo plateado con que coronaba un rostro que no reflejaba su verdadera edad. Sus ojos verdes y penetrantes recorrieron lentamente el semblante de los dos hermanos, como si tratase de leer sus pensamientos. Max sonrió nerviosamente ante la mirada escrutadora del anciano. Víctor Kray le correspondió con una afable sonrisa que iluminó su semblante.

—Sois la primera visita que recibo en muchos años —dijo el farero, tomando asiento en una de las butacas—. Tendréis que disculpar mis modales. De todos modos, cuando yo era un crío, pensaba que todo eso de la cortesía era una soberana estupidez. Y todavía lo pienso.

—Nosotros no somos críos, abuelo —dijo Roland.

—Cualquiera más joven que yo lo es —respondió Víctor Kray—. Tú debes de ser Alicia. Y tú, Max. No hay que ser muy listo para deducirlo, ¿eh?

Alicia sonrió cálidamente. No hacía dos minutos que lo había conocido, pero el talante socarrón del anciano le resultaba encantador. Max, por su parte, estudiaba el rostro del hombre, tratando de imaginarlo encerrado en aquel faro durante décadas, guardián del secreto del *Orpheus*.

—Sé lo que debéis de estar pensando —explicó Víctor Kray—. ¿Es verdad todo lo que hemos visto o creemos haber visto estos últimos días? En realidad, nunca pensé que llegaría el momento en que tuviese que hablar de este tema con nadie, ni siquiera con Roland. Pero siempre sucede lo contrario de lo que esperamos, ¿no es así?

Nadie le contestó.

—Está bien. Al grano. Lo primero es que me contéis todo lo que sabéis. Y cuando digo todo es *todo*. Incluyendo los detalles que os puedan parecer insignificantes. Todo. ¿Entendido?

Max miró a sus compañeros.

—¿Empiezo yo? —sugirió.

Alicia y Roland asintieron. Víctor Kray le hizo una seña para que iniciase su relato.

* * *

Durante la siguiente media hora, Max relató sin pausa cuanto recordaba, ante la mirada atenta del anciano, que escuchó sus palabras sin el menor asomo de incredulidad ni, como esperaba Max, de asombro.

Cuando Max hubo finalizado su historia, Víctor Kray tomó su pipa y la preparó metódicamente.

—No está mal —murmuró—. No está mal...

El farero encendió la pipa y una nube de humo de aroma dulzón inundó la estancia. Víctor Kray saboreó lentamente una bocanada de la picadura especial y se relajó en su butaca. Luego, mirando a los ojos a cada uno de los tres muchachos, empezó a hablar...

* * *

—Este otoño cumpliré setenta y dos años y, aunque me queda el consuelo de que no los aparento, cada uno de ellos me pesa como una losa a la espalda. La edad te hace ver ciertas cosas. Por ejemplo, ahora sé que la vida de un hombre se divide básicamente en tres períodos. En el primero, uno ni siquiera piensa que envejecerá, ni que el tiempo pasa ni que, desde el primer día, cuando nacemos, caminamos hacia un único fin. Pasada la primera juventud, empieza el segundo período, en el que uno se da cuenta de la fragilidad de la propia vida y lo que en un principio es una simple inquietud va creciendo en el interior como un mar de dudas e incertidumbres que te acompañan durante el resto de tus días. Por último, al final de la vida, se abre el tercer período, el de la aceptación de la realidad y, consecuentemente, la resignación y la espera. A lo largo de mi existencia he conocido a muchas personas que se quedaron ancladas en alguno de esos estadios y nunca lograron superarlos. Es algo terrible.

Víctor Kray comprobó que los tres muchachos lo observaban atentamente y en silencio, pero cada una de sus miradas parecía preguntarse de qué estaba hablando. Se detuvo a saborear una bocanada de su pipa y sonrió a su pequeña audiencia.

—Ése es un camino que cada uno de nosotros debe aprender a recorrer en solitario, rogando a Dios que le ayude a no extraviarse antes de llegar al final. Si todos fuésemos capaces de comprender al inicio de nuestra vida esto que parece tan simple, buena parte de las miserias y penas de este mundo no llegaría a producirse jamás. Pero, y ésa es una de las grandes paradojas del universo, sólo se nos concede esa gracia cuando ya es demasiado tarde. Fin de la lección.

»Os preguntaréis por qué os explico todo esto. Os lo diré. A veces, una entre un millón, ocurre que alguien, muy joven, comprende que la vida es un camino sin retorno y decide que ese juego no va con él. Es como cuando decides hacer trampas en un juego que no te gusta. La mayoría de las veces te descubren y la trampa se acaba. Pero otras, el tramposo se sale con la suya. Y cuando en vez de jugar con dados o naipes, se juega con la vida y la muerte, ese tramposo se convierte en alguien muy peligroso.

»Hace muchísimo tiempo, cuando yo tenía vuestra edad, la vida cruzó mi destino con uno de los mayores tramposos que han pisado este mundo. Nunca llegué a conocer su verdadero nombre. En el barrio pobre donde yo vivía, todos los chicos de la calle lo conocían como Caín. Otros lo llamaban el Príncipe de la Niebla, porque, según las habladurías, siempre emergía de una densa niebla que cubría los callejones nocturnos y, antes del alba, desaparecía de nuevo en la tiniebla.

»Caín era un hombre joven y bien parecido, cuyo origen nadie sabía explicar. Todas las noches, en alguno de los callejones del barrio, Caín reunía a los muchachos harapientos y cubiertos por la mugre y el hollín de las fábricas y les proponía un pacto. Cada uno podía formular un deseo y él lo haría realidad. A cambio, Caín sólo pedía una cosa: lealtad absoluta. Una noche, Angus, mi mejor amigo, me llevó a una de las reuniones de Caín con los chicos del barrio. El tal Caín vestía como un caballero salido de la ópera y siempre sonreía. Sus ojos parecían cambiar de color en la penumbra y su voz era grave y pausada. Según los chicos, Caín era un mago. Yo, que no había creído una sola palabra de todas las historias que sobre él circulaban en el barrio, iba aquella noche dispuesto a reírme del supuesto mago. Sin embargo, recuerdo que, ante su presencia, cualquier asomo de burla se pulverizó en el aire. En cuanto lo vi, lo único que sentí fue miedo y, por descontado, me guardé de pronunciar una sola palabra. Aquella noche, varios de los chavales de la calle formularon sus deseos a Caín. Cuando todos hubieron terminado. Caín dirigió su mirada de hielo al rincón donde estábamos mi amigo Angus y yo. Nos preguntó si nosotros no teníamos nada que pedir. Yo me quedé clavado, pero Angus, ante mi sorpresa, habló. Su padre había perdido el empleo aquel día. La fundición en la que trabajaba la gran mayoría de los adultos del barrio estaba despidiendo personal y sustituyéndolos por máquinas que trabajaban más horas y no abrían la boca. Los primeros en irse a la calle habían sido los líderes más conflictivos entre los trabajadores. El padre de Angus tenía casi todos los números en aquella rifa.

»Desde aquella misma tarde, sacar adelante a Angus y a sus cinco hermanos, que se apretujaban en una miserable casa de ladrillo podrido por la humedad, se había convertido en un imposible. Angus, con un hilo de voz, formuló su petición a Caín: que su padre fuera readmitido en la fundición. Caín asintió y, tal como me habían predicho, caminó de nuevo hacia la niebla, desapareciendo. Al día siguiente, el padre de Angus fue inexplicablemente llamado de nuevo al trabajo. Caín había cumplido su palabra.

»Dos semanas más tarde, Angus y yo volvíamos a casa por la noche después de visitar una feria ambulante que se había instalado en las afueras de la ciudad. Para no retrasarnos más de la cuenta, decidimos tomar un atajo y seguir el camino de la vieja vía de tren abandonada. Caminábamos por aquel paraje siniestro a la luz de la luna cuando descubrimos que, entre la niebla, emergía una silueta envuelta en una capa con una estrella de seis puntas dentro de un círculo grabada en oro, caminando hacia nosotros por el centro de la vía muerta. Era el Príncipe de la Niebla. Nos quedamos petrificados. Caín se nos acercó y, con su sonrisa habitual, se dirigió a Angus. Le explicó que había llegado el momento de que le devolviese el favor. Angus, visiblemente aterrorizado, asintió. Caín dijo que su petición era simple: un pequeño ajuste de cuentas. En aquella época el personaje más rico del barrio, el único rico en realidad, era Skolimoski, un comerciante polaco que poseía el almacén de comida y ropa en el que todo el vecindario compraba. La misión de Angus era prender fuego al almacén de Skolimoski. El trabajo debía realizarse la noche siguiente. Angus trató de protestar, pero las palabras no le llegaron a la garganta. Había algo en los ojos de Caín que dejaba muy claro que no estaba dispuesto a aceptar nada más que la obediencia absoluta. El mago se marchó como había venido.

»Corrimos de vuelta y, cuando dejé a Angus a la puerta de su casa, la mirada de terror que llenaba sus ojos me encogió el corazón. Al día siguiente le busqué por las calles, pero no había ni rastro de él. Empezaba a temer que mi amigo se hubiera propuesto cumplir la criminal misión que Caín le había encomendado y decidí montar guardia frente al almacén de Skolimoski al caer la noche. Angus nunca se presentó y, aquella madrugada, la tienda del polaco no ardió. Me sentí culpable por haber dudado de mi amigo y supuse que lo mejor que podía hacer era tranquilizarlo porque, conociéndolo bien, sabía que debía de estar escondido en su casa, temblando de miedo ante la posible represalia del fantasmal mago. A la mañana siguiente me dirigí a su casa. Angus no estaba allí. Con lágrimas en los ojos su madre me dijo que había faltado toda la noche y me rogó que lo buscase y lo llevase de vuelta a casa.

»Con el estómago en un puño, recorrí el barrio de arriba abajo sin dejar ni uno solo de sus apestosos rincones por rastrear. Nadie le había visto. Al atardecer, exhausto y sin saber ya dónde buscar, una oscura intuición me asaltó. Volví al camino de la vieja vía del tren y seguí el rastro de los raíles que brillaban débilmente bajo la luna en la oscuridad de la noche. No tuve que caminar demasiado. Encontré a mi amigo tendido en la vía, en el mismo lugar donde dos noches antes Caín había emergido de la niebla. Quise buscar su pulso, pero mis manos no encontraron piel en aquel cuerpo. Sólo hielo. El cuerpo de mi amigo se había transformado en una grotesca figura de hielo azul y humeante que se fundía lentamente sobre los raíles abandonados. En torno a su cuello, una pequeña medalla mostraba el mismo símbolo que recordaba haber visto grabado en la capa de Caín, la estrella de seis puntas rodeada por un círculo. Permanecí junto a él hasta que los rasgos de su rostro se desvanecieron para siempre en un charco de lágrimas heladas en la oscuridad.

»Aquella misma noche, mientras yo comprobaba horrorizado el destino de mi amigo, el almacén de Skolimoski fue destruido por un terrible incendio. Nunca le expliqué a nadie lo que mis ojos habían presenciado aquel día.

»Dos meses más tarde, mi familia se mudó al sur, lejos de allí y muy pronto, con el paso de los meses, empecé a creer que el Príncipe de la Niebla era sólo un recuerdo amargo de los oscuros años vividos a la sombra de aquella ciudad pobre, sucia y violenta de mi infancia... Hasta que volví a verle y comprendí que aquello no había sido más que el principio.»

CAPÍTULO DIEZ

Mi siguiente encuentro con el Príncipe de la Niebla tuvo lugar durante una noche en que mi padre, que había sido ascendido a técnico jefe de una planta textil, nos llevó a todos a una gran feria de atracciones construida sobre un muelle de madera que se adentraba en el mar como un palacio de cristal suspendido en el cielo. Al anochecer, el espectáculo de las luces multicolores de las atracciones sobre el mar era impresionante. Yo nunca había visto nada tan hermoso. Mi padre estaba eufórico: había rescatado a su familia de lo que parecía un futuro miserable en el norte y ahora era un hombre de posición, considerado y con suficiente dinero en las manos como para que sus hijos disfrutasen de las mismas diversiones que cualquier chico de la capital. Cenamos pronto y luego mi padre nos dio unas monedas a cada uno para que las gastásemos en lo que más nos apeteciese, mientras él y mi madre paseaban del brazo, codeándose con los lugareños trajeados y los turistas de postín.

»A mí me fascinaba una enorme noria que giraba sin cesar en uno de los extremos del muelle y cuyos reflejos podían verse desde varias millas en toda la costa. Corrí a la cola de la noria y, mientras esperaba, reparé en una de las casetas que había a escasos metros. Entre tómbolas y barracas de tiro, una intensa luz púrpura iluminaba la misteriosa caseta de un tal doctor Caín, adivino, mago y vidente, según rezaba un cartel donde un dibujante de tercera fila había plasmado el rostro de Caín mirando amenazadoramente a los curiosos que se acercaban a la nueva guarida del Príncipe de la Niebla. El cartel y las sombras que el farol púrpura proyectaban sobre la caseta le conferían un aspecto macabro y lúgubre. Una cortina con la estrella de seis puntas bordada en negro velaba el paso al interior.

»Hechizado por aquella visión, me aparté de la cola de la noria y me acerqué hasta la entrada de la caseta. Estaba tratando de entrever el interior a través de la estrecha rendija cuando la cortina se abrió de golpe y una mujer vestida de negro, piel blanca como la leche y ojos oscuros y penetrantes, hizo un gesto para invitarme a pasar. En el interior pude distinguir, sentado tras un escritorio a la luz de un quinqué, a aquel hombre que había conocido muy lejos de allí con el nombre de Caín. Un gran gato oscuro de ojos dorados se relamía a sus pies.

»Sin pensarlo dos veces, entré y me dirigí hasta la mesa donde me esperaba el Príncipe de la Niebla, sonriente. Aún recuerdo su voz, grave y pausada, pronunciando mi nombre sobre el murmullo de fondo de la hipnótica música de organillo de un carrusel que parecía estar muy, muy lejos de allí...»

* * *

—Víctor, mi buen amigo —susurró Caín—. Si no fuese un adivino, diría que el destino desea unir nuestros caminos de nuevo.

—¿Quién es usted? —consiguió articular el joven Víctor, mientras observaba por el rabillo del ojo a aquella mujer fantasmal que se había retirado a las sombras de la estancia.

—El doctor Caín. El cartel lo dice —respondió Caín—. ¿Pasando un buen rato con la familia?

Víctor tragó saliva y asintió.

—Eso es bueno —continuó el mago—. La diversión es como el láudano; nos eleva de la miseria y el dolor, aunque sólo fugazmente.

—No sé lo que es el láudano —replicó Víctor.

—Una droga, hijo —respondió Caín cansinamente, desviando la vista hacia un reloj que reposaba en un estante a su derecha.

A Víctor le pareció que las agujas corrían en sentido inverso.

—El tiempo no existe, por eso no hay que perderlo. ¿Has pensado ya cuál es tu deseo?

—No tengo ningún deseo —contestó Víctor.

Caín se echó a reír.

—Vamos, vamos. Todos tenemos no un deseo, sino cientos. Y qué pocas ocasiones nos brinda la vida de hacerlos realidad. —Caín miró a la enigmática mujer con una mueca de compasión—. ¿No es cierto, querida?

La mujer, como si se tratase de un simple objeto inanimado, no respondió.

—Pero los hay con suerte, Víctor —dijo Caín, inclinándose sobre la mesa—, como tú. Porque tú puedes hacer realidad tus sueños, Víctor. Ya sabes cómo.

—¿Como hizo Angus? —espetó Víctor, que en aquel momento reparó en un hecho extraño que no podía alejar de su pensamiento: Caín no pestañeaba, ni una sola vez.

—Un accidente, amigo mío. Un desgraciado accidente —dijo Caín adoptando un tono apenado y consternado—. Es un error creer que los sueños se hacen realidad sin ofrecer nada a cambio. ¿No te parece, Víctor? Digamos que no sería justo. Angus quiso olvidar ciertas obligaciones y eso no es tolerable. Pero el pasado, pasado está. Hablemos del futuro, de tu futuro.

—¿Es eso lo que hizo usted? —preguntó Víctor—. ¿Hacer realidad un deseo? ¿Convertirse en lo que es ahora? ¿Qué tuvo que dar a cambio?

Caín perdió su sonrisa de reptil y clavó sus ojos en Víctor Kray. El muchacho temió por un instante que aquel hombre se abalanzara sobre él, dispuesto a despedazarlo. Finalmente, Caín sonrió de nuevo y suspiró.

—Un joven inteligente. Eso me gusta, Víctor. Sin embargo, te queda mucho por aprender. Cuando estés preparado, ven por aquí. Ya sabes cómo encontrarme. Espero verte pronto.

—Lo dudo —respondió Víctor mientras se incorporaba y caminaba de vuelta hacia la salida.

La mujer, como una marioneta rota a la que súbitamente le hubiesen estirado un cordel, empezó a caminar de nuevo, en un amago de acompañarlo. A unos pasos de la salida, la voz de Caín sonó de nuevo a sus espaldas.

—Una cosa más, Víctor. Respecto a lo de los deseos. Piénsalo. La oferta está en pie. Tal vez si a ti no te interesa, algún miembro de tu flamante familia feliz tenga algún sueño inconfesable escondido. Ésos son mi especialidad...

Víctor no se detuvo a contestar y salió de nuevo al aire fresco de la noche. Respiró profundamente y se dirigió a paso rápido a buscar a su familia. Mientras se alejaba, la risa del doctor Caín se perdió a sus espaldas como el canto de una hiena, enmascarada en la música del carrusel.

* * *

Max había escuchado hechizado el relato del anciano hasta aquel punto sin atreverse a formular una sola de las miles de preguntas que bullían en su mente. Víctor Kray pareció leer su pensamiento y le señaló con un dedo acusador.

—Paciencia, jovencito. Todas las piezas irán encajando a su tiempo. Prohibido interrumpir. ¿De acuerdo?

Aunque la advertencia iba dirigida a Max, los tres amigos asintieron al unísono.

—Bien, bien... —murmuró para sí el farero.

* * *

—»Aquella misma noche decidí apartarme para siempre de aquel individuo y tratar de borrar de mi mente cualquier pensamiento referido a él. Y no era fácil. Fuese quien fuese, el doctor Caín tenía la rara habilidad de clavársele a uno como una de esas astillas que, cuanto más tratas de sacar, más hondo se introducen en la piel. No podía hablar de aquello con nadie, a menos que quisiera que me tomasen por un lunático, y no podía acudir a la policía, porque no hubiera sabido ni por dónde empezar. Como es prudente hacer en estos casos, dejé pasar el tiempo.

»Nos iba bien en nuestro nuevo hogar y tuve ocasión de conocer a un individuo que me ayudó mucho. Se trataba de un reverendo que impartía clases de Matemáticas y Física en la escuela. A primera vista parecía andar siempre por las nubes, pero era un hombre de una inteligencia que sólo podía compararse con la bondad que se esforzaba en ocultar tras una muy convincente personificación del científico loco del pueblo. Él me animó a estudiar a fondo y a descubrir las matemáticas. No es extraño que, tras unos años a su cargo, mi vocación por las ciencias se hiciese cada vez más clara. En principio quise seguir sus pasos y dedicarme a la enseñanza, pero el reverendo me soltó una reprimenda inmensa y me dijo que lo que tenía que hacer era ir a la universidad, estudiar Física y convertirme en el mejor ingeniero que hubiese pisado el país. O eso, o me retiraba la palabra en el acto.

»Fue él quien me consiguió la beca para la universidad y quien realmente encaminó mi vida hacia lo que hubiera podido ser. Murió una semana antes de mi graduación. Ya no me avergüenza decir que sentí tanto o más su desaparición que la de mi propio padre. En la universidad tuve ocasión de intimar con quien habría de llevarme de nuevo a encontrarme con el doctor Caín: un joven estudiante de medicina perteneciente a una familia escandalosamente rica (o eso me parecía a mí) llamado Richard Fleischmann. Efectivamente, el futuro doctor Fleischmann que, años más tarde, haría construir la casa de la playa.

»Richard Fleischmann era un joven vehemente y muy dado a las exageraciones. Estaba acostumbrado a que durante toda su vida las cosas hubiesen resultado tal como él las deseaba y cuando, por cualquier motivo, algo contradecía sus expectativas, montaba en cólera con el mundo. Una ironía del destino fue la que quiso hacernos amigos: nos enamoramos de la misma mujer, Eva Gray, la hija del más insoportable y tirano catedrático de Química del campus.

»Al principio, salíamos los tres juntos e íbamos de excursión los domingos, cuando el ogro de Theodore Gray no lo impedía. Pero este arreglo no duró mucho. Lo más curioso del caso es que Fleischmann y yo, lejos de convertirnos en rivales, nos hicimos compañeros inseparables. Cada noche que devolvíamos a Eva a la cueva del ogro, hacíamos el camino de vuelta juntos, sabiendo que, tarde o temprano, uno de los dos se quedaría fuera del juego.

»Hasta que ese día llegó, pasamos los dos mejores años que recuerdo de mi vida. Pero todo tiene un fin. El de nuestro trío inseparable llegó la noche de la graduación. Aunque había conseguido todos los laureles imaginables, mi alma se arrastraba por los suelos a causa de la pérdida de mi viejo tutor, y Eva y Richard decidieron que, aunque yo no bebía, aquella noche debían emborracharme y ahuyentar la melancolía de mi espíritu por todos los medios. Ni que decir tiene que el ogro Theodore, que pese a estar sordo como una tapia parecía escuchar a través de las paredes, descubrió el plan y la velada acabó con Fleischmann y yo solos, borrachos como una cuba, en una apestosa taberna en la que nos entregamos a elogiar al objeto de nuestro amor imposible, Eva Gray.

»Aquella misma noche, dando tumbos de vuelta al campus, una feria ambulante pareció emerger de la niebla junto a la estación del tren. Fleischmann y yo, convencidos de que una vuelta en el carrusel sería la cura infalible para nuestro estado, nos adentramos en la feria y acabamos en la puerta de la barraca del doctor Caín, adivino, mago y vidente, como seguía rezando el siniestro cartel. Fleischmann tuvo una idea genial. Entraríamos y le pediríamos al adivino que nos desvelase el enigma: ¿a quién de los dos escogería Eva? Pese a mi aturdimiento, me quedaba el suficiente sentido común en el cuerpo como para no entrar, pero no la fortaleza para detener a mi amigo, que se sumergió decidido en la barraca.

»Supongo que perdí el sentido porque no recuerdo muy bien las horas siguientes. Cuando recobré el conocimiento, con la agonía de un atroz dolor de cabeza, Fleischmann y yo estábamos tendidos sobre un viejo banco de madera. Estaba amaneciendo y los carromatos de la feria habían desaparecido, como si todo aquel universo de luces, ruido y gentío de la noche anterior hubiera sido una simple ilusión de nuestras mentes ebrias por el alcohol. Nos incorporamos y contemplamos el solar desierto a nuestro alrededor. Pregunté a mi amigo si recordaba algo de la madrugada anterior. Haciendo un esfuerzo, Fleischmann me dijo que había soñado que entraba en la barraca de un adivino y, a la pregunta de cuál era su mayor deseo, había respondido que deseaba obtener el amor de Eva Gray. Luego se rió, bromeando sobre la resaca monumental que nos castigaba, convencido de que nada de todo aquello había sucedido.

»Dos meses después, Eva Gray y Richard Fleischmann contraían matrimonio. Ni siquiera me invitaron a la boda. No volvería a verlos en veinticinco largos años.»

* * *

—Un día lluvioso de invierno, un hombre envuelto en una gabardina me siguió desde el despacho hasta mi casa. Desde la ventana del comedor, pude ver que el extraño continuaba abajo, vigilándome. Dudé unos segundos y salí a la calle, dispuesto a desenmascarar al misterioso espía. Era Richard Fleischmann, tiritando de frío y con el rostro ajado por los años. Sus ojos eran los de un hombre que hubiera vivido perseguido toda su vida. Me pregunté cuántos meses hacía que mi antiguo amigo no dormía. Hice que subiese a casa y le ofrecí un café caliente. Sin atreverse a mirarme a la cara, me preguntó por aquella noche enterrada años atrás en la barraca del doctor Caín.

»Sin ánimos para cortesías, le pregunté qué era lo que Caín le había pedido a cambio de hacer realidad su deseo. Fleischmann, con el rostro embargado de miedo y vergüenza, se arrodilló frente a mí, suplicando mi ayuda entre lágrimas. No hice caso de sus lamentos y le exigí que me contestase. ¿Qué había prometido al doctor Caín en pago a sus servicios?

»"Mi primer hijo —me contestó—. Le prometí mi primer hijo..."»

* * *

«Fleischmann me confesó que, durante años, había estado administrando a su esposa, sin ésta saberlo, una droga que le impedía concebir hijo alguno. Sin embargo, al cabo de los años, Eva Fleischmann se había sumido en una profunda depresión y la ausencia de la tan deseada descendencia había convertido su matrimonio en un infierno. Fleischmann temía que si Eva no concebía un hijo, pronto enloquecería o se sumiría en una tristeza tan profunda que su vida se apagaría lentamente como una vela sin aire. Me dijo que no tenía a quién recurrir y me suplicó mi perdón y mi ayuda. Finalmente, le dije que le ayudaría, pero no por él, sino por el vínculo que todavía me unía a Eva Gray y en recuerdo de nuestra vieja amistad.

»Aquella misma noche expulsé a Fleischmann de mi casa, pero con una intención muy diferente a la que aquel hombre que un día yo había considerado mi amigo intuía. Lo seguí bajo la lluvia y crucé la ciudad tras sus pasos. Me pregunté por qué estaba haciendo aquello. La sola idea de que Eva Gray, que me había rechazado cuando ambos éramos jóvenes, tuviese que entregar su hijo a aquel miserable brujo me revolvía las entrañas y me bastaba para enfrentarme de nuevo al doctor Caín, aunque mi juventud ya se había evaporado y cada vez era más consciente de que tal vez saliese mal parado del juego.

»Las andanzas de Fleischmann me llevaron hasta la nueva guarida de mi viejo conocido, el Príncipe de la Niebla. Un circo ambulante era ahora su hogar y, para mi sorpresa, el doctor Caín había renunciado a su grado de adivino y vidente para asumir una nueva personalidad, más modesta, pero más acorde con su sentido del humor. Ahora era un payaso que actuaba con el rostro pintado de blanco y rojo, aunque sus ojos de color cambiante delatarían su identidad incluso tras docenas de capas de maquillaje. El circo de Caín mantenía la estrella de seis puntas en lo alto de una asta y el mago se había rodeado de una siniestra cohorte de compinches que, bajo la apariencia de feriantes itinerantes, parecían esconder algo más oscuro. Espié durante dos semanas el circo de Caín y pronto descubrí que la carpa raída y amarillenta ocultaba a una peligrosa banda de embaucadores, criminales y ladrones que practicaban la rapiña allí por donde pasaban. Averigüé también que la poca elegancia del doctor Caín a la hora de elegir a sus esclavos le había llevado a dejar tras de sí una estridente pista de crímenes, desapariciones y robos que no escapaba a la policía local, que olfateaba de cerca el hedor a corrupción que se desprendía de aquel fantasmagórico circo.

»Por supuesto, Caín era consciente de la situación y por ello había decidido que él y sus amigos debían desaparecer del país sin perder tiempo, pero de un modo discreto y, preferiblemente, al margen de molestos trámites policiales. De este modo, aprovechando una deuda de juego que oportunamente le servía en bandeja la torpeza del capitán holandés, el doctor Caín consiguió embarcar en el *Orpheus* aquella noche. Y yo con él.

»Lo que sucedió la noche de la tormenta es algo que ni yo mismo puedo explicar. Un terrible temporal arrastró al *Orpheus* de vuelta hacia la costa y lo lanzó contra las rocas, abriendo una vía de agua en el casco que hundió el buque en cuestión de segundos. Yo estaba oculto en uno de los botes salvavidas, que salió despedido al embarrancar el buque en la roca y fue lanzado por el oleaje hasta la playa. Sólo así pude salvarme. Caín y sus secuaces viajaban en la sentina, ocultos bajo cajas por temor a un posible control militar en el canal a media travesía. Probablemente, cuando el agua helada inundó las entrañas del casco, ni siquiera entendieron lo que estaba sucediendo...»

* * *

—Aun así —interrumpió finalmente Max—, no se encontraron los cuerpos.

Víctor Kray negó.

—A menudo, en temporales de esta naturaleza el mar se lleva consigo los cuerpos —apuntó el farero.

—Pero los devuelve, aunque sea días después —replicó Max—. Lo he leído.

—No creas todo lo que lees —dijo el anciano—, aunque en este caso sea cierto.

—¿Qué pudo suceder entonces? —inquirió Alicia.

—Durante años he tenido una teoría que ni yo mismo creía. Ahora todo parece confirmarla...

* * *

—Fui el único superviviente del naufragio del Orpheus. Sin embargo, al recuperar el conocimiento en el hospital, comprendí que algo extraño había sucedido. Decidí construir este faro y quedarme a vivir en este lugar, pero esa parte de la historia ya la conocéis. Sabía que aquella noche no significaba la desaparición del doctor Caín, sino un paréntesis. Por eso he permanecido aquí todos estos años. Con el tiempo, cuando los padres de Roland murieron, yo me hice cargo de él, y él, a cambio, ha sido mi única compañía en mi exilio.

»Pero eso no es todo. Con los años cometí otro error fatal. Quise ponerme en contacto con Eva Gray. Supongo que quería saber si todo por lo que había pasado tenía algún sentido. Fleischmann se me adelantó y, al conocer mi paradero, vino a visitarme. Le expliqué lo sucedido y aquello pareció liberarlo de todos los fantasmas que lo habían atormentado durante años. Decidió construir la casa de la playa y poco después nació el pequeño Jacob. Fueron los mejores años en la vida de Eva. Hasta la muerte del niño.

»El día en que Jacob Fleischmann se ahogó, supe que el Príncipe de la Niebla no se había marchado jamás. Había permanecido en la sombra, esperando, sin prisa, a que alguna fuerza lo trajese de nuevo al mundo de los vivos. Y nada tiene tanta fuerza como una promesa...»

CAPÍTULO ONCE

Cuando el viejo farero hubo finalizado su relato, el reloj de Max indicaba que apenas faltaban unos minutos para las cinco de la tarde. Afuera, una débil llovizna había empezado a caer sobre la bahía y el viento que venía del mar golpeaba con insistencia los postigos de las ventanas de la casa del faro.

—Se acerca una tormenta —dijo Roland, oteando el horizonte plomizo sobre el océano.

—Max, tendríamos que volver a casa. Papá llamará pronto —murmuró Alicia.

Max asintió sin demasiada convicción. Necesitaba considerar cuidadosamente todo lo que el anciano había explicado y tratar de encajar las piezas del rompecabezas. El hombre, al que el esfuerzo por recordar su historia parecía haber sumido en un silencio apático, miraba el vacío desde su butaca, ausente.

—Max... —insistió Alicia.

Max se incorporó y dirigió un saludo silencioso al anciano, que le correspondió con un mínimo asentimiento. Roland observó al viejo farero durante unos segundos y luego acompañó a sus amigos al exterior.

—¿Y ahora qué? —preguntó Max.

—Yo no sé qué pensar —afirmó Alicia, encogiéndose de hombros.

—¿No crees la historia del abuelo de Roland? —inquirió Max.

—No es una historia fácil de creer —repuso Alicia—. Tiene que haber otra explicación.

Max dirigió una mirada inquisitiva a Roland.

—¿Tú tampoco crees a tu abuelo, Roland?

—¿Quieres que te sea sincero? —respondió el muchacho—. No lo sé. Venga. Os acompaño antes de que la tormenta se nos eche encima.

Alicia montó en la bicicleta de Roland y, sin más palabras, ambos emprendieron el camino de vuelta. Max se volvió un instante a contemplar la casa del faro y trató de imaginar si era posible que los años de soledad en aquel acantilado hubiesen podido llevar a Víctor Kray a urdir aquella siniestra historia que él parecía creer a pies juntillas. Dejó que la llovizna fresca le impregnase el rostro y montó en su bicicleta, cuesta abajo.

La historia de Caín y Víctor Kray permanecía viva en su mente mientras enfilaba la carretera que bordeaba la bahía. Pedaleando bajo la lluvia, Max empezó a ordenar los hechos del único modo que le resultaba plausible. Suponiendo que todo lo relatado por el anciano fuera cierto, lo cual no acababa de resultar fácil de aceptar, la situación quedaba sin aclarar. Un poderoso mago sumido en un largo letargo parecía volver lentamente a la vida. Según ese principio, la muerte del pequeño Jacob Fleischmann había sido el primer signo de su retorno. Sin embargo, había algo en toda aquella historia que el farero había mantenido oculta largo tiempo que no encajaba en la mente de Max.

Los primeros relámpagos prendieron de escarlata el cielo y el viento empezó a escupir con fuerza gruesas gotas de lluvia contra el rostro de Max. Apretó el paso, aunque sus piernas aún no se habían recuperado del maratón matutino. Todavía le quedaban un par de kilómetros de camino hasta la casa de la playa.

Max comprendió que no sería capaz de aceptar simplemente el relato del anciano y suponer que aquello lo explicaba todo. La presencia fantasmal del jardín de estatuas y los sucesos de aquellos primeros días en el pueblo evidenciaban que un siniestro mecanismo se había puesto en marcha y que nadie podía predecir lo que iba a suceder a partir de aquel momento. Con la ayuda de Roland y Alicia o sin ella, Max estaba determinado a seguir investigando hasta llegar al fondo de la verdad, em-

pezando por lo único que parecía conducir directamente al centro de aquel enigma: las películas de
Jacob Fleischmann. Cuantas más vueltas le daba a la
historia, más se convencía Max de que Víctor Kray
no les había contado toda la verdad. Ni mucho
menos.

* * *

Alicia y Roland esperaban bajo el porche de la
casa de la playa cuando Max, empapado por la lluvia, dejó la bicicleta en el cobertizo del garaje y corrió
a refugiarse del fuerte aguacero.

—Ya es la segunda vez en lo que va de semana
—rió Max—. A este paso, encogeré. No pensarás
volver ahora, ¿verdad, Roland?

—Me temo que sí —contestó éste observando la
densa cortina de agua que caía con furia—. No quiero dejar solo al abuelo.

—Coge al menos un chubasquero. Vas a pillar
una pulmonía —indicó Alicia.

—No lo necesito. Estoy acostumbrado. Además,
ésta es una tormenta de verano. Pasará rápido.

—La voz de la experiencia —bromeó Max.

—Pues sí —remató Roland.

Los tres amigos intercambiaron una mirada en
silencio.

—Creo que lo mejor es no volver a hablar del
tema hasta mañana —sugirió Alicia—. Una buena

noche de sueño nos ayudará a verlo todo mucho más claro. O eso es lo que se dice siempre.

—¿Y quién va a dormir esta noche, después de una historia así? —soltó Max.

—Tu hermana tiene razón —dijo Roland.

—Pelota —atajó Max.

—Cambiando de tema, mañana pensaba volver al barco a bucear. A lo mejor recupero el sextante que a alguien se le cayó ayer... —explicó Roland.

Max estaba articulando en su mente una respuesta demoledora para dejar claro que no creía que fuese una buena idea ir a bucear al *Orpheus* de nuevo, pero Alicia se adelantó.

—Allí estaremos —murmuró.

Un sexto sentido le dijo a Max que aquel plural era pura cortesía.

—Hasta mañana, entonces —contestó Roland, los ojos brillantes sobre Alicia.

—Estoy aquí —dijo Max, con voz cantarina.

—Hasta mañana, Max —dijo Roland, ya de camino a la bicicleta.

Los dos hermanos vieron partir a Roland bajo la tormenta y permanecieron en el porche hasta que su silueta se desvaneció en la carretera de la playa.

—Deberías ponerte ropa seca, Max. Mientras te cambias prepararé algo de cena —sugirió Alicia.

—¿Tú? —espetó Max—. Tú no sabes cocinar.

—¿Quién te ha dicho que pienso cocinar, señorito? Esto no es un hotel. Adentro —ordenó Alicia, con una sonrisa maliciosa en los labios.

Max optó por seguir los consejos de su hermana y entró en la casa. La ausencia de Irina y de sus padres acentuaba aquella sensación de ser un intruso en un hogar extraño que la casa de la playa le había inspirado desde el primer día. Mientras subía la escalera en dirección a su habitación, reparó por un instante en el hecho de que desde hacía un par de días no había visto al repelente felino de Irina. No le pareció que aquella fuese una gran pérdida y, tal como la idea le había venido a la mente, olvidó el detalle.

* * *

Fiel a su palabra, Alicia no perdió en la cocina un segundo más de lo estrictamente necesario. Preparó unas rodajas de pan de centeno con mantequilla y mermelada y dos vasos de leche.

Cuando Max reparó en la bandeja de la supuesta cena, la expresión de su rostro habló por sí sola.

—Ni una palabra —amenazó Alicia—. No he venido a este mundo para cocinar.

—No lo jures —replicó Max, quien de todos modos no tenía demasiado apetito.

Cenaron en silencio a la espera de que el teléfono sonara en cualquier momento con noticias del hospital, pero la llamada no se produjo.

—Tal vez han llamado antes, cuando estábamos en el faro —sugirió Max.

—Tal vez —murmuró Alicia.

Max leyó el semblante preocupado de su hermana.

—Si algo hubiese pasado —argumentó Max—, habrían vuelto a llamar. Todo irá bien.

Alicia le sonrió débilmente, confirmando a Max en su innata habilidad para reconfortar a los demás con razonamientos que ni él mismo se creía.

—Supongo que sí —confirmó Alicia—. Creo que me voy a ir a dormir. ¿Y tú?

Max apuró su vaso y señaló la cocina.

—En seguida iré, pero antes comeré algo más. Estoy hambriento —mintió.

En cuanto oyó cerrarse la puerta de la habitación de Alicia, Max dejó el vaso y se dirigió hasta el cobertizo del garaje, en busca de más películas de la colección particular de Jacob Fleischmann.

*　*　*

Max giró el interruptor del proyector y el haz de luz inundó la pared con una imagen borrosa de lo que parecía ser un conjunto de símbolos. Lentamente, el plano adquirió foco y Max comprendió que los supuestos símbolos no eran más que cifras dispuestas en círculos y que estaba viendo la esfera de un reloj. Las agujas del reloj estaban inmóviles y proyectaban una sombra perfectamente definida sobre la esfera, lo cual permitía suponer que el plano estaba rodado a pleno sol o bajo una fuente luminosa intensa. La película continuaba mostrando la esfera durante unos segundos hasta que, muy lentamente al inicio y adquiriendo una velocidad progresiva, las agujas del reloj empezaron a girar en sentido inverso. La cámara retrocedía y el ojo del espectador podía comprobar que aquel reloj pendía de una cadena. Un nuevo retroceso de un metro y medio revelaba que la cadena pendía de una mano blanca. La mano de una estatua.

Max reconoció al instante el jardín de estatuas que ya aparecía en la primera película de Jacob Fleischmann que habían visionado días atrás. Una vez más, la disposición de las estatuas era diferente a la que Max recordaba. La cámara empezaba a moverse de nuevo a través de las figuras, sin cortes ni pausas, al igual que en la primera película. Cada dos metros el objetivo de la cámara se detenía frente al rostro de una de las estatuas. Max examinó uno a uno los semblantes congelados de aquella siniestra banda circense, a cuyos miembros podía imaginar ahora pereciendo en la oscuridad absoluta de las bodegas del *Orpheus* mientras el agua helada les arrebataba la vida.

Finalmente, la cámara se fue aproximando despacio a la figura que coronaba el centro de la estrella de seis puntas. El payaso. El doctor Caín. El Príncipe de la Niebla. Junto a él, a sus pies, Max reconoció la figura inmóvil de un gato que alargaba una garra afilada al vacío. Max, que no recordaba haberlo visto en su visita al jardín de estatuas, hubiera apostado doble a nada que la inquietante semejanza del felino de piedra con la mascota que Irina había adoptado el primer día en la estación no era fruto de la casualidad. Al contemplar aquellas imágenes mientras el sonido de la lluvia golpeaba en los cristales y la tormenta se alejaba tierra adentro, resultaba muy fácil dar crédito a la historia que el farero les había relatado aquella misma tarde. La siniestra presencia de aquellas siluetas amenazantes bastaba para acallar cualquier duda por razonable que fuese.

La cámara se acercó hasta el rostro del payaso, se detuvo a apenas medio metro y permaneció allí durante varios segundos. Max echó un vistazo a la bobina y comprobó que la película estaba llegando a su fin y que apenas restaban un par de metros por visionar. Un movimiento en la pantalla recobró su atención. El rostro de piedra se estaba moviendo de un modo casi imperceptible. Max se incorporó y caminó hasta la pared donde se proyectaba la película. Las pupilas de aquellos ojos de piedra se dilataron y los labios se arquearon lentamente en una cruel sonrisa, hasta revelar una larga hilera de dientes largos y afilados como los de un lobo. Max sintió cómo se le hacía un nudo en la garganta.

Segundos después, la imagen se desvaneció y

Max oyó el ruido de la bobina del proyector girando sobre sí misma. La película había terminado.

Max apagó el proyector y respiró profundamente. Ahora creía todo lo que Víctor Kray había dicho, pero eso no le hacía sentirse mejor, sino todo lo contrario. Subió a su cuarto y cerró la puerta a su espalda. A través de la ventana, a lo lejos, podía entrever el jardín de estatuas. Una vez más, la silueta del recinto de piedra estaba sumergida en una niebla densa e impenetrable.

Aquella noche, sin embargo, la tiniebla danzante no provenía del bosque, sino que parecía emanar de su propio interior.

Minutos después, mientras luchaba por conciliar el sueño y apartar de su mente el rostro del payaso, Max imaginó que aquella niebla no era sino el aliento helado del doctor Caín, que esperaba sonriente la hora de su retorno.

CAPÍTULO DOCE

A la mañana siguiente, Max despertó con la sensación de tener la cabeza llena de gelatina. Lo que se adivinaba desde su ventana prometía un día resplandeciente y soleado. Se incorporó perezosamente y tomó su reloj de bolsillo de la mesita. Lo primero que pensó fue que el reloj estaba averiado. Se lo llevó al oído y comprobó que el mecanismo funcionaba a la perfección, luego era él quien había perdido el rumbo. Eran las doce del mediodía.

Saltó de la cama y se precipitó escaleras abajo. Sobre la mesa del comedor había una nota. La tomó y leyó la caligrafía afilada de su hermana.

Buenos días, bella durmiente.

Cuando leas esto ya estaré en la playa con Roland. Te he tomado prestada la bicicleta, espero que no te importe. Como he visto que anoche estuviste «de cine» no te he querido despertar. Papá ha llama-

do a primera hora y dice que todavía no saben cuándo podrán volver a casa. Irina sigue igual, pero los médicos dicen que es probable que salga del coma en unos días. He convencido a papá para que no se preocupe por nosotros (y no ha sido fácil).

Por cierto, no hay nada para desayunar.

Estaremos en la playa. Felices sueños...

Alicia.

Max releyó tres veces la nota antes de dejarla de nuevo en la mesa. Corrió escaleras arriba y se lavó la cara a toda prisa. Se enfundó un bañador y una camisa azul y se dirigió al cobertizo para coger la otra bicicleta. Antes de llegar al camino de la playa, su estómago pedía a gritos que se le administrase su dosis matutina. Al llegar al pueblo, desvió su camino y puso rumbo al horno de la plaza del ayuntamiento. Los olores que se percibían a cincuenta metros del establecimiento y los consiguientes crujidos de aprobación de su estómago le confirmaron que había tomado la decisión adecuada. Tres magdalenas y dos chocolatinas más tarde emprendió el camino hacia la playa con la sonrisa de un bendito estampada en el rostro.

* * *

La bicicleta de Alicia reposaba sobre el caballete al pie del camino que conducía a la playa donde

Roland tenía su cabaña. Max dejó su bicicleta junto a la de su hermana y pensó que, aunque el pueblo no parecía ser un centro de rateros, no estaría de más comprar unos candados. Max se paró a observar el faro en lo alto del acantilado y luego se dirigió hacia la playa. Un par de metros antes de dejar la senda de hierbas altas que desembocaba en la pequeña bahía se detuvo.

En la orilla de la playa, a una veintena de metros del punto donde se encontraba Max, Alicia estaba tendida a medio camino entre el agua y la arena. Inclinado sobre ella, Roland, que tenía su mano sobre el costado de su hermana, se acercó a Alicia y la besó en los labios. Max retrocedió un metro y se ocultó tras las hierbas, esperando no haber sido visto. Permaneció allí inmóvil durante un par de segundos, preguntándose qué debía hacer a continuación. ¿Aparecer caminando como un estúpido sonriente y dar los buenos días? ¿O irse a dar un paseo?

Max no se tenía por un espía, pero no pudo reprimir el impulso de mirar de nuevo entre los tallos salvajes hacia su hermana y Roland. Podía escuchar sus risas y comprobar cómo las manos de Roland recorrían tímidamente el cuerpo de Alicia, con un tembleque que indicaba que aquella era, a lo sumo, la primera o segunda vez que se veía en un lance de tamaña envergadura. Se preguntó si también para Alicia era la primera vez y, para su sorpresa, comprobó que era incapaz de hallar una respuesta a esa incógnita. Aunque habían compartido toda su vida bajo el mismo techo, su hermana Alicia era un misterio para él.

Verla allí, tendida en la playa, besando a Roland, le resultaba desconcertante y completamente inesperado. Había intuido desde el principio que entre Roland y ella había una clara corriente recíproca, pero una cosa era imaginarlo y otra, muy distinta, verlo con sus propios ojos. Se inclinó una vez más a mirar y sintió de pronto que no tenía derecho a estar allí, y que aquel momento pertenecía sólo a su hermana y a Roland. Silenciosamente, rehízo sus pasos hasta la bicicleta y se alejó de la playa.

Mientras lo hacía, se preguntó si tal vez estaba celoso. Quizá fuera tan sólo el hecho de haber pasado años pensando que su hermana era una niña grande, sin secretos de ningún tipo, y que, por supuesto, no andaba por ahí besando a la gente. Por un segundo se rió de su propia ingenuidad y poco a poco empezó a alegrarse de lo que había visto. No podía predecir lo que sucedería la semana siguiente, ni qué traería consigo el fin del verano, pero aquel día Max estaba seguro de que su hermana se sentía feliz. Y eso era mucho más de lo que se había podido decir de ella en muchos años.

Max pedaleó de nuevo hasta el centro del pueblo y detuvo su bicicleta junto al edificio de la biblioteca municipal. En la entrada había un viejo mostrador de cristal donde se anunciaban los horarios públicos y otros comunicados, incluida la cartelera mensual del único cine en varios kilómetros a la redonda y un mapa del pueblo. Max centró su atención en el mapa y lo estudió con detenimiento. La fisonomía del pueblo respondía más o menos al modelo mental que se había hecho.

El mapa mostraba con todo detalle el puerto, el centro urbano, la playa norte donde los Carver tenían su casa, la bahía del *Orpheus* y el faro, los campos deportivos junto a la estación y el cementerio municipal. Una chispa se encendió en su mente. El cementerio municipal. ¿Por qué no había pensado antes en ello? Consultó su reloj y comprobó que pasaban diez minutos de las dos de la tarde. Tomó su bicicleta y enfiló la rambla principal del pueblo, camino del interior, hacia el pequeño cementerio donde esperaba encontrar la tumba de Jacob Fleischmann.

* * *

El cementerio del pueblo era un clásico recinto rectangular que se alzaba al final de un largo camino ascendente flanqueado por altos cipreses. Nada especialmente original. Los muros de piedra estaban moderadamente envejecidos y el lugar ofrecía el habitual aspecto de los cementerios de pueblos pequeños donde, a excepción de un par de días al año, sin contar los entierros locales, las visitas eran escasas. Las verjas estaban abiertas y un cartel metálico cubierto de óxido anunciaba que el horario público era de nueve a cinco de la tarde en verano y de ocho a cuatro en invierno. Si había algún vigilante, Max no supo verlo.

De camino hacia allí, había especulado con la idea de hallar un lúgubre y siniestro lugar, pero el sol reluciente de principio de verano le confería el aspecto de un pequeño claustro, tranquilo y vagamente triste.

Max dejó la bicicleta apoyada en el muro exterior y se adentró en el camposanto. El cementerio parecía estar poblado por modestos mausoleos que probablemente pertenecían a las familias de mayor tradición local y alrededor se alzaban paredes de nichos de más reciente construcción.

Max se había planteado la posibilidad de que tal vez los Fleischmann hubiesen preferido en su momento enterrar al pequeño Jacob lejos de allí, pero su intuición le decía que los restos del heredero del doctor Fleischmann reposaban en el mismo pueblo que lo había visto nacer. Max necesitó casi media hora para dar con la tumba de Jacob, en un extremo del cementerio, a la sombra de dos viejos cipreses. Se trataba de un pequeño mausoleo de piedra al que el tiempo y las lluvias habían otorgado cierto aire de abandono y olvido. La construcción se erguía en forma de estrecha caseta de mármol ennegrecido y mugriento con un portón forjado en hierro flanqueado por las estatuas de dos ángeles que alzaban una mirada lastimera al cielo. Entre los barrotes oxidados del portón todavía se conservaba un manojo de flores secas desde tiempo inmemorial.

Max sintió que aquel lugar proyectaba una aura patética y, aunque resultaba evidente que en mucho tiempo no había sido visitado, los ecos del dolor y la tragedia parecían todavía recientes. Max se adentró en el pequeño camino de losas que conducía hasta el mausoleo y se detuvo en el umbral. El portón estaba entreabierto y el interior exhalaba un intenso olor a cerrado. A su alrededor, el silencio era absoluto. Dirigió una última mirada a los ángeles de piedra que custodiaban la tumba de Jacob Fleischmann y entró, consciente de que, si esperaba un minuto más, se marcharía de aquel lugar a toda prisa.

El interior del mausoleo estaba sumido en la penumbra y Max pudo vislumbrar un rastro de flores marchitas en el suelo que acababa al pie de una lápida, sobre la que el nombre Jacob Fleischmann había sido esculpido en relieve. Pero había algo más. Bajo el nombre, el símbolo de la estrella de seis puntas sobre el círculo presidía la losa que guardaba los restos del niño.

Max experimentó un desagradable hormigueo en la espalda y se preguntó por primera vez por qué había acudido a aquel lugar solo. A su espalda, la luz del sol pareció palidecer débilmente. Max extrajo su reloj y consultó la hora, barajando la absurda idea de que tal vez se había entretenido más de la cuenta y el guardián del cementerio había cerrado las puertas dejándole atrapado en el interior. Las agujas de su reloj indicaban que pasaban un par de minutos de las tres de la tarde. Max inspiró profundamente y se tranquilizó.

Echó un último vistazo y, tras comprobar que no había nada allí que le aportase nueva luz sobre la historia del doctor Caín, se dispuso a marcharse. Fue entonces cuando advirtió que no estaba solo en el interior del mausoleo y que una silueta oscura se movía en el techo, avanzando sigilosamente como un insecto. Max sintió cómo su reloj resbalaba entre el sudor frío de sus manos y alzó la vista. Uno de los ángeles de piedra que había visto a la entrada caminaba invertido sobre el techo. La figura se detuvo y, contemplando a Max, mostró una sonrisa canina y extendió un afilado dedo acusador hacia él. Lentamente, los rasgos de aquel rostro se transformaron y la fisonomía familiar del payaso que enmascaraba al doctor Caín afloró a la superficie. Max pudo leer una rabia y un odio ardientes en su mirada. Quiso correr hacia la puerta y huir, pero sus miembros no respondieron. Tras unos instantes, la aparición se desvaneció en la sombra y Max permaneció paralizado durante cinco largos segundos.

Una vez recuperado el aliento, corrió a la salida sin detenerse a mirar atrás hasta que se montó en su bicicleta y hubo puesto cien metros de distancia entre él y la verja del cementerio. Pedalear sin descanso le ayudó a recuperar paulatinamente el control de sus nervios. Comprendió que había sido objeto de un truco, de una macabra manipulación de sus propios temores. Aun así, la idea de volver allí a recuperar su reloj, de momento estaba fuera de discusión. Recobrada la calma, Max emprendió de nuevo el camino hacia la bahía. Pero esta vez no buscaba a su hermana Alicia y a Roland, sino al viejo farero para el cual tenía reservadas algunas preguntas.

*   *   *

El anciano escuchó lo sucedido en el cementerio con suma atención. Al término del relato, asintió gravemente e indicó a Max que tomase asiento junto a él.

—¿Puedo hablarle con franqueza? —preguntó Max.

—Espero que lo hagas, jovencito —respondió el anciano—. Adelante.

—Tengo la impresión de que ayer no nos explicó usted todo lo que sabe. Y no me pregunte por qué creo eso. Es una corazonada —dijo Max.

El rostro del farero permaneció imperturbable.

—¿Qué más crees, Max? —preguntó Víctor Kray.

—Creo que ese tal doctor Caín, o quien quiera que sea, va a hacer algo. Muy pronto —continuó Max—. Y creo que todo lo que está sucediendo estos días no son más que signos de lo que ha de venir.

—Lo que ha de venir —repitió el farero—. Es un modo interesante de expresarlo, Max.

—Mire, señor Kray —cortó Max—, acabo de llevarme un susto de muerte. Hace ya varios días que están sucediendo cosas muy extrañas y estoy seguro de que mi familia, usted, Roland y yo mismo corremos algún peligro. Lo último que estoy dispuesto a aguantar son más misterios.

El anciano sonrió.

—Así me gusta. Directo y contundente —rió Víctor Kray sin convicción—. Verás, Max, si os expliqué ayer la historia del doctor Caín no fue para divertiros ni para recordar viejos tiempos. Lo hice para que supieseis lo que está sucediendo y os andaseis con cuidado. Tú llevas unos días preocupado; yo llevo veinticinco años en este faro con un único objetivo: vigilar a esa bestia. Es el único propósito de mi vida. Yo también te seré franco, Max. No voy a echar por la borda veinticinco años porque un chaval recién llegado decida jugar a los detectives. Tal vez no debí haberos dicho nada. Tal vez lo mejor es que olvides cuanto te dije y te alejes de esas estatuas y de mi nieto.

Max quiso protestar, pero el farero alzó la mano, indicándole que no abriese la boca.

—Lo que os conté es más de lo que necesitáis saber —sentenció Víctor Kray—. No fuerces las cosas, Max. Olvídate de Jacob Fleischmann y quema estas películas hoy mismo. Es el mejor consejo que puedo darte. Y ahora, jovencito, largo de aquí.

* * *

Víctor Kray observó cómo Max se alejaba camino abajo en su bicicleta. Había dedicado palabras duras e injustas al muchacho, pero en el fondo de su alma creía que aquello era lo más prudente que podía hacer. El chico era inteligente y no le había podido engañar. Sabía que les estaba ocultando algo pero incluso así no podía llegar a comprender la envergadura de ese secreto. Los acontecimientos se estaban precipitando y, después de cinco lustros, el temor y la angustia por la nueva venida del doctor Caín se materializaban ante él en el ocaso de su vida, cuando más débil y solo se sentía.

Víctor Kray trató de apartar de su mente el amargo recuerdo de toda una existencia unida a aquel personaje siniestro, desde el sucio suburbio de su infancia hasta su prisión en el faro. El Príncipe de la Niebla le había arrebatado al mejor amigo de su infancia, a la única mujer que había amado y, finalmente, le había robado cada minuto de su larga madurez, convirtiéndole en su sombra. Durante las interminables noches en el faro acostumbraba a imaginar cómo podría haber sido su vida si el destino no hubiese decidido cruzar en su camino a aquel poderoso mago. Ahora sabía que los recuerdos que lo acompañarían en sus últimos años de vida serían sólo las fantasías de la biografía que nunca vivió.

Su única esperanza ahora estaba en Roland y en la firme promesa que se había hecho a sí mismo de brindarle un futuro alejado de aquella pesadilla. Quedaba ya muy poco tiempo y sus fuerzas no eran las que lo habían sustentado años atrás. En apenas dos días se cumplirían los veinticinco años de la noche en que el *Orpheus* había naufragado a escasos metros de allí y Víctor Kray podía sentir cómo Caín cobraba mayor poder a cada minuto que pasaba.

El anciano se acercó a la ventana y contempló la silueta oscura del casco del *Orpheus* sumergido en las aguas azules de la bahía. Todavía quedaban unas horas de sol antes de que oscureciese y cayera la que podía ser su última noche en la atalaya del faro.

* * *

Cuando Max entró en la casa de la playa, la nota de Alicia seguía sobre la mesa del comedor, lo que indicaba que su hermana aún no había vuelto y estaba todavía en compañía de Roland. La soledad reinante en la casa se sumó a la que sentía en su interior en aquel momento. Todavía resonaban en su mente las palabras del anciano. Aunque el trato que el farero le había dispensado le había dolido, Max no sentía resentimiento alguno hacia él. Tenía la certeza de que el hombre ocultaba algo; pero estaba seguro de que, si procedía de aquel modo, tenía una poderosa razón para hacerlo. Subió a su habitación y se tendió en la cama, pensando que aquel asunto le venía grande y que, aunque las piezas del enigma estaban a la vista, se sentía incapaz de encontrar la manera de encajarlas.

Tal vez debía seguir los consejos de Víctor Kray y olvidar todo el asunto, aunque fuera sólo por unas horas. Miró en la mesita de noche y vio que el libro de Copérnico seguía allí, después de unos días de abandono, como un antídoto racional a todos los enigmas que le circundaban. Abrió el libro por el punto en que había dejado su lectura e intentó concentrarse en las disquisiciones sobre el rumbo de los planetas en el cosmos. Probablemente, la ayuda de Copérnico le habría venido de perlas para desbrozar la trama de aquel misterio. Pero, una vez más, parecía evidente que Copérnico había elegido la época equivocada para pasar sus vacaciones en el mundo. En un universo infinito, había demasiadas cosas que escapaban a la comprensión humana.

CAPÍTULO TRECE

Horas más tarde, cuando Max ya hubo cena- do y apenas le quedaban diez páginas por leer del libro, el sonido de las bicicletas en- trando en el jardín delantero llegó hasta sus oídos. Max escuchó el murmullo de las voces de Roland y Alicia susurrando durante casi una hora abajo en el porche. Cerca de la medianoche, Max dejó el libro sobre la mesita de nuevo y apagó la lamparilla. Fi- nalmente, oyó la bicicleta de Roland alejarse por el camino de la playa y los pasos de Alicia ascendien- do pausadamente la escalera. Los pasos de su her- mana se detuvieron un instante frente a su puerta. Segundos después, continuaron unos metros hasta su propia habitación. Max oyó cómo su hermana se tendía en la cama y dejaba los zapatos sobre el suelo de madera. Recordó la imagen de Roland besando a Alicia aquella misma mañana en la playa y sonrió en la penumbra. Por una vez, estaba seguro de que su hermana tardaría mucho más que él en conciliar el sueño.

*　*　*

A la mañana siguiente, Max decidió madrugar más que el sol y al alba ya estaba pedaleando en su bicicleta rumbo al horno del pueblo, con la intención de comprar un delicioso desayuno y evitar que Alicia preparase algo (pan con mermelada, mantequilla y leche) por su cuenta. De buena mañana, el pueblo estaba sumido en una calma que le recordaba las mañanas de domingo en la ciudad. Apenas algunos caminantes silenciosos rompían el estado narcótico de las calles, en las que incluso las casas, con los postigos entornados, parecían dormidas.

A lo lejos, más allá de la bocana del puerto, los pocos barcos de pesca que formaban la flota local ponían proa mar adentro para no volver hasta el crepúsculo. El panadero y su hija, una rolliza jovencita de mejillas rosadas que hacía tres de su hermana Alicia, saludaron a Max y, mientras le servían una deliciosa bandeja de bollos recién horneados, se interesaron por el estado de Irina. Las noticias volaban y, al parecer, el médico del pueblo hacía algo más que poner el termómetro en sus visitas a domicilio.

Max consiguió volver a la casa de la playa mientras el desayuno todavía conservaba el calorcillo irresistible de los pasteles aún humeantes. Sin su reloj no sabía a ciencia cierta qué hora era, aunque imaginaba que debían de faltar pocos minutos para las ocho. Ante la poco deseable perspectiva de esperar a que Alicia se despertase para poder desayunar, decidió adoptar un astuto ardid. Así, con la excusa del desayuno caliente, preparó una bandeja con las capturas del horno, leche y un par de servilletas, y subió hasta el cuarto de Alicia. Llamó a la puerta con los nudillos hasta que la voz somnolienta de su hermana contestó en un murmullo ininteligible.

—Servicio de habitaciones —dijo Max—. ¿Puedo pasar?

Empujó la puerta y entró en la habitación. Alicia había sepultado la cabeza bajo una almohada. Max echó un vistazo a la habitación, la ropa colgada sobre las sillas y la galería de objetos personales de Alicia. La habitación de una mujer siempre resultaba un fascinante misterio para Max.

—Contaré hasta cinco —dijo Max— y luego empezaré a comerme el desayuno.

El rostro de su hermana asomó bajo la almohada, olfateando el aroma de la mantequilla en el aire.

* * *

Roland los esperaba en la orilla de la playa, ataviado con unos viejos pantalones a los que había cortado las perneras y que hacían las veces de traje de baño. Junto a él había un pequeño bote de madera cuya eslora no debía de alcanzar los tres metros. La barca parecía haber pasado treinta años al sol varada en una playa y la madera había adquirido un tono grisáceo que las pocas manchas de pintura azul que aún no se habían desprendido a duras penas conseguían disimular. Con todo, Roland parecía admirar su bote como si se tratase de un yate de lujo. Y mientras los dos hermanos sorteaban las piedras de la playa en dirección a la orilla, Max pudo comprobar que Roland había escrito en la proa el nombre de la nave, *Orpheus II,* con pintura reciente, probablemente de aquella misma mañana.

—¿Desde cuándo tienes una barca? —preguntó Alicia, señalando el raquítico esquife en el que Roland ya había cargado el equipo de buceo y un par de cestas de contenido misterioso.

—Desde hace tres horas. Uno de los pescadores del pueblo iba a desguazar el bote para hacer leña, pero le he convencido y me lo ha regalado a cambio de un favor —explicó Roland.

—¿Un favor? —preguntó Max—. Yo creo que el favor se lo has hecho tú a él.

—Puedes quedarte en tierra si lo prefieres —replicó Roland en tono burlón—. Venga, todo el mundo a bordo.

La expresión «a bordo» resultaba un tanto inapropiada para la *nave* en cuestión, pero recorridos quince metros, Max comprobó que sus previsiones de naufragio instantáneo no se cumplían. De hecho, el bote navegaba con firmeza al comando de cada boga de remo que Roland imprimía enérgicamente.

—He traído un pequeño invento que os va a sorprender —dijo Roland.

Max miró una de las cestas tapadas y alzó la cubierta unos centímetros.

—¿Qué es esto? —murmuró.

—Una ventana submarina —aclaró Roland—. En realidad es una caja con un cristal en la base. Si lo apoyas en la superficie del agua, puedes ver el fondo sin sumergirte. Es como una ventana.

Max señaló a su hermana Alicia.

—Así al menos podrás ver algo —insinuó, con tono burlón.

—¿Quién te ha dicho que pienso quedarme aquí? Hoy bajo yo —respondió Alicia.

—¿Tú? ¡Si no sabes bucear! —exclamó Max, tratando de enfurecer a su hermana.

—Si llamas bucear a lo que hiciste el otro día, no —bromeó Alicia, sin recoger el hacha de guerra.

Roland siguió remando sin añadir cizaña a la discusión de los dos hermanos y detuvo el bote a unos cuarenta metros de la orilla. Bajo ellos, la sombra oscura del casco del *Orpheus* se extendía en el fondo como la de un gran tiburón tendido en la arena, expectante.

Roland abrió una de las cestas y extrajo una áncora oxidada unida a un cabo grueso y visiblemente desgastado. A la vista de tamaños aparejos, Max supuso que todos aquellos saldos marinos venían con el lote que Roland había negociado para salvar el mísero bote de un fin digno y apropiado a su estado.

—¡Cuidado, que salpico! —exclamó Roland lanzando al mar el áncora, cuyo peso muerto descendió en vertical y levantó una pequeña nube de burbujas, llevándose casi quince metros de cabo.

Roland dejó que la corriente arrastrase el bote un par de metros y ató el cabo del áncora a una pequeña anilla que pendía de la proa. El bote se meció suavemente con la brisa y el cabo se tensó, haciendo crujir la estructura de la barca. Max echó un vistazo suspicaz a las junturas del casco.

—No se va a hundir, Max. Confía en mí —afirmó Roland, sacando la ventana submarina de la cesta y colocándola sobre el agua.

—Eso es lo que dijo el capitán del *Titanic* antes de zarpar —replicó Max.

Alicia se inclinó para mirar a través de la caja y vio por primera vez el casco del *Orpheus* descansando en el fondo.

—¡Es increíble! —exclamó ante el espectáculo submarino.

Roland sonrió complacido y le tendió unas gafas de buceo y unas aletas.

—Pues espera a verlo de cerca —dijo Roland, colocándose el equipo.

La primera en saltar al agua fue Alicia. Roland,

sentado al borde del bote, dirigió una mirada tranquilizadora a Max.

—No te preocupes. La vigilaré. No le va a pasar nada —aseguró.

Roland saltó al mar y se reunió con Alicia, que esperaba a unos tres metros del bote. Ambos saludaron a Max y, segundos después, desaparecieron bajo la superficie.

* * *

Bajo el agua, Roland asió la mano de Alicia y la guió lentamente sobre los restos del *Orpheus*. La temperatura del agua había descendido ligeramente desde la última vez que se habían sumergido allí y el enfriamiento se hacía más palpable a mayor profundidad. Roland estaba habituado a ese fenómeno, que se producía eventualmente durante los primeros días del verano, especialmente cuando corrientes frías que venían de mar adentro fluían con fuerza por debajo de los seis o siete metros de profundidad. A la vista de la situación, Roland decidió automáticamente que aquel día no permitiría que ni Alicia ni Max se sumergieran con él hasta el casco del *Orpheus*, ya habría días de sobra durante el resto del verano para intentarlo.

Alicia y Roland nadaron a lo largo del buque hundido. Se detenían de vez en cuando para ascender a tomar aire y contemplar con calma el barco, que yacía en la media luz espectral del fondo. Roland intuía la excitación de Alicia ante el espectáculo y no le quitaba el ojo de encima. Sabía que para bucear a gusto y con tranquilidad, debía hacerlo solo.

Cuando se zambullía con alguien, particularmente con novatos en la materia como lo eran sus nuevos amigos, no podía evitar asumir el papel de niñera submarina. Con todo, le satisfacía especialmente compartir con Alicia y su hermano aquel mágico mundo que durante años le había pertenecido sólo a él. Se sentía como el guía de un museo embrujado acompañando a unos visitantes en un paseo alucinante por una catedral sumergida.

El panorama submarino, sin embargo, ofrecía otros alicientes. Le gustaba contemplar el cuerpo de Alicia moverse bajo el agua. A cada brazada, podía ver cómo los músculos del torso y las piernas se tensaban y su piel adquiría una palidez azulada. De hecho, se sentía más cómodo observándola así, cuando ella no advertía su mirada nerviosa. Subieron de nuevo a recuperar el aliento y comprobaron que el bote y la silueta inmóvil de Max a bordo estaban a más de veinte metros. Alicia le sonrió eufórica. Roland correspondió a su sonrisa, pero interiormente pensó que lo mejor sería volver a la barca.

—¿Podemos bajar al barco y entrar? —preguntó Alicia, con la respiración entrecortada.

Roland advirtió que los brazos y las piernas de la muchacha tenían piel de gallina.

—Hoy no —respondió—. Volvamos al bote.

Alicia dejó de sonreír, intuyendo una sombra de preocupación en Roland.

—¿Pasa algo, Roland?

Roland sonrió plácidamente y negó. No quería hablar en ese momento de corrientes submarinas de cinco grados. En ese instante, mientras Alicia daba sus primeras brazadas en dirección al bote, Roland sintió que el corazón le daba un vuelco. Una sombra oscura se movía en el fondo de la bahía, a sus pies. Alicia se volvió a mirarle. Roland le indicó que siguiese sin detenerse y sumergió la cabeza para inspeccionar el fondo.

Una silueta negra, semejante a la de un gran pez, nadaba sinuosamente alrededor del casco del *Orpheus*. Por un segundo, Roland pensó que se trataba de un tiburón, pero una segunda mirada le permitió comprender que estaba equivocado. Continuó nadando tras Alicia sin apartar la mirada de aquella forma extraña que parecía seguirlos. La silueta serpenteaba a la sombra del casco del *Orpheus*, sin exponerse directamente a la luz. Todo cuanto Roland podía distinguir era un cuerpo alargado, semejante al de una gran serpiente y una extraña luz parpadeante que lo envolvía como un manto de reflejos mortecinos. Roland miró hacia el bote y comprobó que todavía les separaban más de diez metros de él. La sombra bajo sus pies pareció cambiar su rumbo. Roland inspeccionó el fondo y comprobó que aquella forma estaba saliendo a la luz y, lentamente, ascendía hacia ellos.

Rogando que Alicia no la hubiese visto, aferró a la muchacha por el brazo y se lanzó a nadar con todas sus fuerzas hacia la barca. Alicia, alertada, lo miró sin comprender.

—¡Nada al bote! ¡Aprisa! —gritó Roland.

Alicia no comprendía lo que estaba sucediendo, pero el rostro de Roland había reflejado tal pánico que no se paró a pensar o a discutir e hizo lo que se le había ordenado. El grito de Roland alertó a Max, que observó cómo su amigo y Alicia nadaban desesperadamente hacia él. Un instante después vio la sombra oscura ascendiendo bajo las aguas.

—¡Dios mío! —murmuró, paralizado.

En el agua, Roland empujó a Alicia hasta sentir que la muchacha había tocado el casco del bote. Max se apresuró a asir a su hermana bajo los hombros y tirar de ella hacia arriba. Alicia batió las aletas con fuerza y con su impulso consiguió caer sobre Max en el interior de la barca. Roland respiró profundamente y se dispuso a hacer lo mismo. Max le tendió la mano desde la borda, pero Roland pudo leer en el rostro de su amigo el terror ante lo que veía tras él. Roland sintió cómo su mano resbalaba por el antebrazo de Max y tuvo la corazonada de que no volvería a salir con vida del agua. Lentamente, un frío abrazo le agarró las piernas y, con una fuerza incontenible, lo arrastró hacia las profundidades.

* * *

Superados los primeros instantes de pánico, Roland abrió los ojos y contempló qué era lo que lo llevaba consigo hacia la oscuridad del fondo. Por un instante creyó ser presa de una alucinación. Lo que veía no era una forma sólida, sino una extraña silueta formada por lo que parecía ser líquido concentrado a muy alta densidad. Roland observó aquella delirante escultura móvil de agua que cambiaba constantemente de forma y trató de deshacerse de su abrazo mortal.

La criatura de agua se retorció y el rostro fantasmal que había visto en sueños, el semblante del payaso, se volvió hacia él. El payaso abrió unas enormes fauces plagadas de colmillos largos y afilados como cuchillos de carnicero y sus ojos se agrandaron hasta adquirir el tamaño de un plato de té. Roland sintió que le faltaba el aire. Aquella criatura, fuera lo que fuese, podía moldear su apariencia a capricho y sus intenciones parecían claras: llevaba a Roland hacia el interior del buque hundido. Mientras Roland se preguntaba cuánto tiempo sería capaz de contener la respiración antes de sucumbir y aspirar agua, comprobó que la luz había desaparecido a su alrededor. Estaba en las entrañas del *Orpheus* y la oscuridad circundante era absoluta.

*   *   *

Max tragó saliva mientras se colocaba las gafas
de buceo y se preparaba para saltar al agua en busca de su amigo Roland. Sabía que el intento de rescate era absurdo. De entrada, él apenas sabía bucear
y, aun en el caso de que supiera, no quería ni imaginar qué sucedería si una vez bajo el agua aquella
extraña forma acuosa que había atrapado a Roland
iba tras él. Sin embargo, no podía quedarse tranquilamente sentado en el bote y dejar morir a su amigo. Mientras se colocaba las aletas, su mente le sugirió mil explicaciones razonables a lo que acababa
de suceder. Roland había sufrido un calambre; un
cambio de temperatura en el agua le había provoca-
do un ataque... Cualquier teoría era mejor que aceptar que lo que había visto arrastrar a Roland a las
profundidades era real.

Antes de zambullirse intercambió una última
mirada con Alicia. En el rostro de su hermana se leía
claramente la lucha entre la voluntad de salvar a
Roland y el pánico de que su hermano corriese idén-
tica suerte. Antes de que el sentido común les disua-
diese a ambos, Max saltó y se sumergió en las aguas
cristalinas de la bahía. A sus pies, el casco del *Orpheus*
se extendía hasta donde la visión se nublaba. Max
aleteó hacia la proa del buque, en el lugar en que
había visto perderse la silueta de Roland bajo el agua
por última vez. A través de las fisuras del casco hun-

dido, Max creyó ver luces parpadeantes que parecían desembocar en un débil remanso de claridad que emanaba de la brecha abierta por las rocas en la sentina veinticinco años atrás. Max se dirigió hacia aquella abertura del barco. Parecía que alguien hubiese prendido la llama de cientos de velas en el interior del *Orpheus*.

Cuando estuvo situado en vertical sobre la entrada a la nave, subió a la superficie a tomar aire y se sumergió de nuevo sin detenerse hasta alcanzar el casco. Descender aquellos diez metros resultó mucho más difícil de lo que había imaginado. A medio camino, empezó a experimentar una dolorosa presión en los oídos que le hizo temer que los tímpanos le estallasen bajo el agua. Cuando alcanzó la corriente fría, los músculos de todo el cuerpo se le tensaron como cables de acero y tuvo que batir las aletas con todo su empeño para evitar que la corriente lo arrastrase igual que a una hoja seca. Max se aferró con fuerza al borde del casco y luchó por calmar sus nervios. Los pulmones le ardían y sabía que estaba a un paso del pánico. Miró a la superficie y vio el diminuto casco del bote, infinitamente lejano. Comprendió que si no actuaba entonces, de nada habría servido bajar hasta allí.

La claridad parecía provenir del interior de las bodegas y Max siguió aquel rastro que revelaba el fantasmal espectáculo del buque hundido y lo hacía aparecer como una macabra catacumba submarina. Recorrió un pasillo en el que jirones de lona raída flotaban suspendidos como medusas. En el extremo del corredor, Max distinguió una compuerta semiabierta, tras la cual parecía ocultarse la fuente de aquella luz. Ignorando las repulsivas caricias de la lona podrida sobre su piel, asió la manija de la compuerta y tiró con toda la fuerza que fue capaz de reunir.

La compuerta daba a uno de los depósitos principales de la bodega. En el centro, Roland luchaba por zafarse del abrazo de aquella criatura de agua que ahora había adoptado la forma del payaso del jardín de estatuas. La luz que Max había visto emanaba de sus ojos crueles y desproporcionadamente grandes para su rostro. Max irrumpió en el interior de la bodega y la criatura alzó la cabeza y lo miró. Max sintió el impulso instintivo de huir a toda prisa, pero la visión de su amigo atrapado le obligó a enfrentarse a aquella mirada de rabia enloquecida. La criatura cambió de rostro y Max reconoció al ángel de piedra del cementerio local.

El cuerpo de Roland dejó de retorcerse y quedó inerte. La criatura lo soltó y Max, sin esperar su reacción, nadó hasta su amigo y lo cogió por el brazo. Roland había perdido el conocimiento. Si no lo sacaba a la superficie en unos segundos, perdería la vida. Max tiró de él hasta la compuerta. En aquel momento, la criatura en forma de ángel y rostro de payaso de largos colmillos se lanzó sobre él, extendiendo dos afiladas garras. Max alargó el puño y atravesó el rostro de la criatura. No era más que agua, tan fría que el solo contacto con la piel producía un dolor ardiente. Una vez más, el doctor Caín estaba mostrando sus trucos.

Max retiró su brazo y la aparición se desvaneció y, con ella, su luz. Max, apurando el poco aliento que le quedaba, arrastró a Roland por el corredor de la bodega hasta el exterior del casco. Cuando llegaron allí, sus pulmones parecían a punto de estallar. Incapaz de contener un segundo más la respiración, soltó todo el aire que había retenido. Agarró el cuerpo inconsciente de Roland y aleteó hacia la superficie, creyendo que perdería el conocimiento en cualquier momento por la falta de aire.

La agonía de aquellos últimos diez metros de ascenso se hizo eterna. Cuando finalmente emergió a la superficie, había nacido de nuevo. Alicia se lanzó al agua y nadó hasta ellos. Max inspiró profundamente varias veces, luchando con el dolor punzante que sentía en el pecho. Subir a Roland al bote no fue fácil y Max advirtió que Alicia, al luchar por levantar el peso muerto del cuerpo, se arañaba la piel de los brazos contra la madera astillada del bote.

Una vez consiguieron izarlo a bordo, colocaron a Roland boca abajo y presionaron su espalda repetidamente, obligando a sus pulmones a expulsar el agua que habían inhalado. Alicia, cubierta de sudor y con los brazos sangrando, asió a Roland de los suyos e intentó forzar la respiración. Finalmente, inspiró aire profundamente y, tapando los orificios nasales del muchacho, insufló todo ese aire enérgicamente en la boca de Roland. Fue necesario repetir esta operación cinco veces hasta que el cuerpo de Roland, con una violenta sacudida, reaccionó y empezó a escupir agua de mar y a convulsionarse, mientras Max trataba de sujetarlo.

Finalmente, Roland abrió los ojos y su tez amarillenta empezó a recobrar muy lentamente el color. Max le ayudó a incorporarse y a recuperar poco a poco la respiración normal.

—Estoy bien —balbuceó Roland, alzando una mano para intentar tranquilizar a sus amigos.

Alicia dejó caer los brazos y rompió a llorar, gimiendo como nunca Max la había visto hacerlo. Éste esperó un par de minutos hasta que Roland pudo sostenerse por sí mismo, tomó los remos y puso rumbo a la orilla. Roland lo miraba en silencio. Le había salvado la vida. Max supo que aquella mirada desesperada y llena de gratitud siempre lo acompañaría.

* * *

Los dos hermanos acostaron a Roland en el catre de la cabaña de la playa y lo cubrieron con mantas. Ninguno de ellos sentía deseos de hablar de lo que había sucedido, al menos por el momento. Era la primera vez que la amenaza del Príncipe de la Niebla se hacía tan dolorosamente palpable y resultaba difícil encontrar palabras que pudieran expresar la inquietud que sentían en aquellos momentos. El sentido común parecía indicar que lo mejor era atender a las necesidades inmediatas, y así lo hicieron. Roland tenía preparado un mínimo botiquín en la cabaña, del que Max dispuso para desinfectar las heridas de Alicia. Roland se durmió a los pocos minutos. Alicia lo observaba con el rostro descompuesto.

—Se va a poner bien. Está agotado, eso es todo —dijo Max.

Alicia miró a su hermano.

—¿Y tú qué? Le has salvado la vida —dijo Alicia, cuya voz delataba sus nervios a flor de piel—. Nadie hubiera sido capaz de hacer lo que has hecho, Max.

—Él lo hubiera hecho por mí —dijo Max, que prefería evitar el tema.

—¿Cómo te encuentras? —insistió su hermana.

—¿La verdad? —preguntó Max.

Alicia asintió.

—Creo que voy a vomitar —sonrió Max—. En toda mi vida me he encontrado peor.

Alicia abrazó a su hermano con fuerza. Max se quedó inmóvil, con los brazos caídos, sin saber si se trataba de una efusión de cariño fraternal o de una expresión del terror que su hermana había experimentado minutos antes, cuando intentaban reanimar a Roland.

—Te quiero, Max —le susurró Alicia—. ¿Me has oído?

Max guardó silencio, perplejo. Alicia le liberó de su abrazo fraternal y se volvió hacia la puerta de la cabaña, dándole la espalda. Max advirtió que su hermana estaba llorando.

—No lo olvides nunca, hermanito —murmuró—. Y ahora duerme un poco. Yo haré lo mismo.

—Si me duermo ahora, no me vuelvo a levantar —suspiró Max.

Cinco minutos después, los tres amigos estaban profundamente dormidos en la cabaña de la playa y nada en el mundo hubiera podido despertarlos.

CAPÍTULO CATORCE

Al caer el crepúsculo, Víctor Kray se detuvo a cien metros de la casa de la playa, donde los Carver habían fijado su nuevo hogar. Aquélla era la misma casa donde la única mujer a la que había amado realmente, Eva Gray, había dado a luz a Jacob Fleischmann. Ver de nuevo la fachada blanca de la villa reabrió heridas en su interior que creía cerradas para siempre. Las luces de la casa estaban apagadas y el lugar parecía vacío. Víctor Kray supuso que los muchachos debían de estar todavía en el pueblo con Roland.

El farero recorrió el trayecto hasta la casa y cruzó la cerca blanca que la rodeaba. La misma puerta y las mismas ventanas que recordaba perfectamente relucían bajo los últimos rayos del sol. El anciano cruzó el jardín hasta el patio trasero y salió al campo que se extendía tras la casa de la playa. A lo lejos se alzaba el bosque y, en su umbral, el jardín de estatuas. Hacía mucho tiempo que no volvía a aquel lugar y se detuvo de nuevo a observarlo de lejos, temeroso de lo que se ocultaba tras sus muros. Una densa niebla se esparcía en dirección a la vivienda a través de los oscuros barrotes de la verja del jardín de estatuas.

Víctor Kray estaba asustado y se sentía viejo. El miedo que le carcomía el alma era el mismo que había experimentado décadas atrás en los callejones de aquel suburbio industrial, donde oyó por vez primera la voz del Príncipe de la Niebla. Ahora, en el ocaso de su vida, aquel círculo parecía cerrarse y, a cada jugada, el anciano sentía que ya no le quedaban ases para la apuesta final.

El farero avanzó con paso firme hasta la entrada del jardín de estatuas. Pronto, la niebla que brotaba del interior lo cubrió hasta la cintura. Víctor Kray introdujo la mano temblorosa en el bolsillo de su abrigo y extrajo su viejo revólver, cargado concienzudamente antes de partir, y una potente linterna. Con el arma en la mano, se adentró en el recinto, encendió la linterna y alumbró el interior del jardín. El haz de luz reveló un panorama insólito. Víctor Kray bajó el arma y se frotó los ojos, pensando que estaba siendo víctima de alguna alucinación. Algo había ido mal o, al menos, aquello no era lo que esperaba encontrar. Dejó que el haz de la linterna rebanase de nuevo la niebla. No era una ilusión: el jardín de estatuas estaba vacío.

El anciano se acercó a observar desconcertado los pedestales yermos y abandonados. Al tiempo que trataba de restablecer el orden en sus pensamientos, Víctor Kray percibió el murmullo lejano de una nueva tormenta que se aproximaba y alzó la vista hacia el horizonte. Un manto amenazador de nubes oscuras y turbias se extendía sobre el cielo como una mancha de tinta en un estanque. Un rayo escindió el cielo en dos y el eco de un trueno llegó a la costa como el redoble premonitorio de una batalla. Víctor Kray escuchó la letanía del temporal que se fraguaba mar adentro y, finalmente, recordando haber contemplado aquella misma visión a bordo del *Orpheus* veinticinco años atrás, comprendió lo que iba a suceder.

* * *

Max despertó empapado en sudor frío y tardó unos segundos en averiguar dónde se encontraba. Sentía su corazón palpitar como el motor de una vieja motocicleta. A pocos metros de él, reconoció un rostro familiar: Alicia, dormida junto a Roland; y recordó que estaba en la cabaña de la playa. Hubiera jurado que su sueño apenas había durado más de unos minutos, aunque en realidad había dormido por espacio de casi una hora. Max se incorporó sigilosamente y salió al exterior en busca de aire fresco, mientras las imágenes de una angustiosa pesadilla de asfixia en la que él y Roland quedaban atrapados en el interior del casco del *Orpheus* se desvanecían en su mente.

La playa estaba desierta y la marea alta se había llevado el bote de Roland mar adentro, donde muy pronto la corriente lo arrastraría consigo y el pequeño esquife se perdería en la inmensidad del océano irremisiblemente. Max se aproximó hasta la orilla y se humedeció la cara y los hombros con el agua fresca del mar. Luego se acercó hasta el recodo que formaba una pequeña cala y se sentó entre las rocas, con los pies hundidos en el agua, con la esperanza de recobrar la calma que el sueño no había podido proporcionarle.

Max intuía que tras los acontecimientos de los últimos días se escondía alguna lógica. La sensación de un peligro inminente se palpaba en el aire y, si se detenía a pensar en ello, podía trazarse una línea ascendente en las apariciones del doctor Caín. A cada hora que pasaba, su presencia parecía adquirir mayor poder. A los ojos de Max, todo formaba parte de un complejo mecanismo que iba ensamblando sus piezas una a una y cuyo centro convergía en torno al oscuro pasado de Jacob Fleischmann; desde las enigmáticas visitas al jardín de estatuas que había presenciado en las películas del cobertizo a aquella criatura indescriptible que había estado a punto de acabar con sus vidas aquella misma tarde.

Habida cuenta de lo sucedido aquel día, Max

comprendía que no podían permitirse el lujo de esperar un nuevo encuentro con el doctor Caín para actuar: era preciso anticiparse a sus movimientos y tratar de prever cuál sería su próximo paso. Para Max sólo había un modo de averiguarlo: seguir la pista que Jacob Fleischmann había dejado años atrás en sus películas.

Sin molestarse en despertar a Alicia y a Roland, Max montó en su bicicleta y se dirigió hacia la casa de la playa. A lo lejos, sobre la línea del horizonte, un punto oscuro emergió de la nada y empezó a expandirse como una nube de gas letal. La tormenta se estaba formando.

* * *

De vuelta en la casa de los Carver, Max enhebró el rollo de película en la bobina del proyector. La temperatura había bajado ostensiblemente mientras cubría el trayecto en bicicleta y seguía descendiendo. Los primeros ecos de la tormenta podían oírse entre las ráfagas ocasionales de viento que golpeaban los postigos de la casa. Antes de proyectar la película, Max se apresuró escaleras arriba y se enfundó ropa seca de abrigo. La estructura de madera envejecida de la casa crujía bajo sus pies y parecía hacerse vulnerable al acoso del viento. Mientras se cambiaba de ropa, Max advirtió desde la ventana de su habitación que la tormenta que se acercaba estaba cubriendo el cielo con un manto de oscuridad que anticipaba el anochecer en un par de horas. Aseguró el cierre de la ventana y bajó de nuevo a la sala para encender el proyector.

Una vez más, las imágenes cobraron vida sobre la pared y Max se concentró en la proyección. En esta ocasión la cámara recorría un escenario familiar: los pasillos de la casa de la playa. Max reconoció el interior de la sala en la que se encontraba entonces mismo, viendo la película. La decoración y los muebles eran diferentes y la casa ofrecía un aspecto lujoso y opulento a los ojos de la cámara, que trazaba lentos círculos y mostraba paredes y ventanas, como si hubiese abierto una puerta en la trampa del tiempo que permitiese visitar la casa casi una década atrás.

Tras un par de minutos en la planta baja, la película trasladaba al espectador al piso superior.

Una vez en el umbral del pasillo, la cámara se aproximaba hasta la puerta del extremo, que conducía a la habitación ocupada por Irina hasta el accidente. La puerta se abría y la cámara penetraba en la estancia sumida en la penumbra. La sala estaba vacía y la cámara se detenía delante del armario de la pared.

Transcurrieron varios segundos de película sin que nada sucediese y sin que la cámara registrase movimiento alguno en la estancia desocupada. Repentinamente, la puerta del armario se abría con fuerza y golpeaba la pared, balanceándose sobre los goznes. Max forzó la vista para dilucidar qué es lo que se entreveía en el interior del armario oscuro y observó cómo una mano enfundada en un guante blanco emergía de entre las sombras, sosteniendo un objeto brillante que pendía de una cadena. Max adivinó lo que venía a continuación: el doctor Caín salía del armario y sonreía a la cámara.

Max reconoció la esfera que el Príncipe de la Niebla tenía en sus manos: era el reloj que su padre le había regalado y que él había perdido en el interior del mausoleo de Jacob Fleischmann. Ahora estaba en poder del mago, que de algún modo se había llevado consigo su más preciada posesión a la dimensión fantasmal de las imágenes en blanco y negro que brotaban del viejo proyector.

La cámara se acercó al reloj y Max pudo ver nítidamente cómo las agujas del mismo retrocedían a una velocidad inverosímil y creciente hasta que se hizo imposible distinguirlas. Al poco, la esfera empezó a desprender humo y chispas y finalmente el reloj se prendió en llamas. Max contempló hechizado la escena, incapaz de apartar los ojos del reloj ardiente. Un instante después, la cámara se desplazaba bruscamente hasta la pared de la habitación y enfocaba un viejo tocador sobre el que se distinguía un espejo. La cámara se acercaba a él y se detenía para revelar con toda claridad la imagen de quien sostenía la cámara sobre la lámina de cristal.

Max tragó saliva; por fin se enfrentaba cara a cara con quien había filmado aquellas películas años atrás, en aquella misma casa. Podía reconocer aquel rostro infantil y sonriente que se estaba filmando a sí mismo. Tenía unos años menos, pero las facciones y la mirada eran las mismas que había aprendido a reconocer en los últimos días: Roland.

La película se encalló en el interior del proyector y el fotograma atascado frente a la lente empezó a fundirse lentamente en la pantalla. Max apagó el proyector y apretó los puños para detener el temblor que se había apoderado de sus manos. Jacob Fleischmann y Roland eran una misma persona.

La luz de un relámpago inundó la sala en sombras durante una fracción de segundo y Max advirtió que tras la ventana una figura golpeaba en el cristal con los nudillos, haciendo señas para entrar. Max encendió la luz de la sala y reconoció el semblante cadavérico y aterrorizado de Víctor Kray, que a juzgar por su aspecto parecía haber presenciado una aparición. Max se dirigió a la puerta y dejó entrar al anciano. Tenían mucho de que hablar.

CAPÍTULO QUINCE

Max tendió una taza de té caliente al viejo farero y esperó a que el anciano entrase en calor.

Víctor Kray estaba tiritando y Max no sabía si atribuir aquel estado al viento frío que traía la tormenta o al miedo que el anciano parecía ya incapaz de ocultar.

—¿Qué estaba haciendo ahí afuera, señor Kray? —preguntó Max.

—He estado en el jardín de estatuas —contestó el anciano, recobrando la calma.

Víctor Kray sorbió un poco de té de la taza humeante y la dejó reposar en la mesa.

—¿Dónde está Roland, Max? —preguntó el anciano nerviosamente.

—¿Por qué quiere saberlo? —replicó Max en un tono que no enmascaraba la desconfianza que le inspiraba el anciano a la luz de sus últimas averiguaciones.

El farero pareció intuir su recelo y empezó a gesticular con las manos, como si quisiera explicarse y no hallara las palabras.

—Max, algo terrible va a suceder esta noche si no lo impedimos —dijo finalmente Víctor Kray, consciente de que su afirmación no sonaba muy convincente—. Necesito saber dónde está Roland. Su vida corre gran peligro.

Max guardó silencio y escrutó el rostro implorante del anciano. No creía una sola palabra de cuanto el farero acababa de decir.

—¿Qué vida, señor Kray, la de Roland o la de Jacob Fleishmann? —interpeló, esperando la reacción de Víctor Kray.

El anciano entornó los ojos y suspiró, abatido.

—Creo que no te entiendo, Max —murmuró.

—Yo creo que sí. Sé que me mintió, señor Kray —dijo Max clavando una mirada acusadora en el rostro del anciano—. Y sé quién es Roland en realidad. Nos ha estado usted engañando desde el principio. ¿Por qué?

Víctor Kray se incorporó y caminó hasta una de las ventanas, echando un vistazo al exterior, como si esperase la llegada de alguna visita. Un nuevo trueno estremeció la casa de la playa. La tormenta estaba cada vez más próxima a la costa y Max podía oír el sonido del oleaje rugiendo en el océano.

—Dime dónde está Roland, Max —insistió una

vez más el anciano, sin dejar de vigilar el exterior—. No hay tiempo que perder.

—No sé si puedo confiar en usted. Si quiere que le ayude, primero tendrá que contarme la verdad —exigió Max, que no estaba dispuesto a permitir que el farero le dejase de nuevo a media luz.

El anciano se volvió a él y lo miró con severidad. Max sostuvo su mirada con dureza, indicando que no le intimidaba en absoluto. Víctor Kray pareció comprender la situación y se derrumbó en una butaca, derrotado.

—Está bien, Max. Te contaré la verdad, si eso es lo que quieres —murmuró.

Max se sentó frente a él y asintió, dispuesto a escucharle de nuevo.

—Casi todo lo que os conté el otro día en el faro era cierto —empezó el anciano—. Mi antiguo amigo Fleischmann había prometido al doctor Caín que le entregaría su primer hijo a cambio de conseguir a Eva Gray. Un año después de la boda, cuando yo ya había perdido el contacto con ambos, Fleischmann empezó a recibir las visitas del doctor Caín, que le recordaba la naturaleza de su pacto. Fleischmann trató por todos los medios de evitar aquel hijo, hasta el extremo de destrozar su matrimonio. Después del naufragio del *Orpheus*, me sentí en la obligación de escribirles y liberarles de la condena que durante años les había hecho desgraciados. Yo creía que la amenaza del doctor Caín había quedado sepultada para siempre bajo el mar. O al menos, fui tan insensato como para convencerme a mí mismo de ello. Fleischmann se sentía culpable y en deuda conmigo y pretendía que los tres, Eva, él y yo volviésemos a estar juntos, como en los años de la universidad. Aquello era absurdo, claro está. Habían sucedido demasiadas cosas. Aun así, tuvo el capricho de hacer construir la casa de la playa, bajo cuyo techo habría de nacer su hijo Jacob poco tiempo después. El pequeño fue la bendición del cielo que les devolvió la alegría de vivir a ambos. O eso parecía, porque desde la misma noche de su nacimiento, yo supe que algo iba mal. Aquella misma madrugada volví a soñar con el doctor Caín. Mientras el niño crecía, Fleischmann y Eva estaba tan cegados por la alegría que eran incapaces de reconocer la amenaza que se cernía sobre ellos. Ambos estaban volcados en procurar la felicidad del niño y en complacer todos sus caprichos. Nunca hubo un niño en la Tierra tan consentido y mimado como Jacob Fleischmann. Pero, poco a poco, los signos de la presencia de Caín se fueron haciendo más palpables. Un día, cuando Jacob tenía cinco años, el niño se perdió mientras jugaba en el patio de atrás. Fleischmann y Eva lo buscaron desesperados durante horas, pero no había señal de él. Al caer la noche, Fleischmann tomó una linterna y se adentró en el bosque, temiendo que el pequeño se hubiera extraviado en la espesura y sufrido un accidente. Cuando habían construido la casa, seis años atrás, Fleischmann recordaba que en el umbral del bosque existía un pequeño recinto cerrado y vacío que al parecer había sido, mucho tiempo atrás, una antigua perrera derribada a principios de siglo. Era el lugar donde se encerraba a los animales que iban a ser sacrificados. Aquella noche, una intuición llevó a Fleischmann a pensar que tal vez el niño había entrado allí y se había quedado atrapado. Su corazonada era en parte acertada, pero no sólo encontró a su hijo allí.

»El recinto que años atrás había estado desierto, estaba ahora poblado por estatuas. Jacob estaba jugando entre las figuras cuando su padre lo encontró y lo sacó de allí. Un par de días después, Fleischmann me visitó en el faro y me explicó lo sucedido. Me hizo jurar que, si algo le sucedía a él, yo me haría cargo del pequeño. Aquello fue sólo el principio. Fleischmann ocultaba a su esposa los incidentes inexplicables que se sucedían en torno al niño, pero en el fondo él comprendía que no había escapatoria y que tarde o temprano Caín volvería a buscar lo que le pertenecía.

—¿Qué sucedió la noche en que Jacob se ahogó? —interrumpió Max, intuyendo la respuesta, pero deseando que las palabras del anciano probasen que sus temores eran erróneos.

Víctor Kray bajó la cabeza y se tomó unos segundos para responder.

—Tal día como hoy, el 23 de junio, el mismo

día en que el *Orpheus* se hundió, una terrible tormenta se desató en el mar. Los pescadores corrieron a asegurar sus barcas y la gente del pueblo cerró puertas y ventanas, al igual que lo habían hecho la noche del naufragio. El pueblo se transformó en una aldea fantasma bajo la tormenta. Yo estaba en el faro y una terrible intuición me asaltó: el niño estaba en peligro. Crucé las calles desiertas y vine hacia aquí a toda prisa. Jacob había salido de la casa y caminaba por la playa, hacia la orilla, donde el oleaje rompía con furia. Caía un fuerte aguacero y la visibilidad era casi nula, pero pude entrever una silueta brillante que brotaba del agua y tendía dos largos brazos al niño, como tentáculos. Jacob parecía caminar hipnotizado hacia aquella criatura de agua, a la que casi no pude ver en la oscuridad. Era Caín, de eso estaba seguro, pero parecía como si, por una vez, todas sus identidades se hubiesen fundido en una silueta cambiante... Me cuesta mucho describir lo que vi...

—He visto esa forma —interrumpió Max, ahorrándole al anciano las descripciones de la criatura que él mismo había visto tan sólo unas horas antes—. Continúe.

—Me pregunté por qué Fleischmann y su mujer no estaban allí, tratando de salvar al niño y miré hacia la casa. Una banda de figuras circenses que parecían cuerpos de piedra móvil los retenían bajo el porche.

—Las estatuas del jardín —corroboró Max.

El anciano asintió.

—Lo único que pensé en aquel momento fue en salvar al niño. Aquella cosa lo había tomado en sus brazos y lo arrastraba mar adentro. Me lancé contra la criatura y la atravesé. La enorme silueta de agua se desvaneció en la oscuridad. Jacob se había hundido. Me sumergí varias veces hasta que palpé el cuerpo en la oscuridad y pude rescatarlo para llevarlo de nuevo hasta la superficie. Arrastré al niño hasta la arena, lejos de las olas y traté de reanimarle. Las estatuas habían desaparecido con Caín. Fleischmann y Eva corrieron junto a mí para socorrer al niño, pero cuando llegaron ya no tenía pulso. Lo llevamos al interior de la casa y lo intentamos todo inútilmente: el niño estaba muerto. Fleischmann estaba fuera de sí y salió al exterior, gritándole a la tormenta y ofreciendo su vida a Caín a cambio de la del niño. Minutos después, inexplicablemente, Jacob abrió los ojos. Estaba en estado de *shock*. No nos reconocía y no parecía recordar ni su propio nombre. Eva arropó al niño y lo llevó arriba, donde lo acostó. Cuando volvió a bajar, un rato más tarde, se acercó a mí y, muy serenamente, me dijo que, si el niño seguía con ellos, su vida correría peligro. Me pidió que me hiciese cargo de él y lo criase como haría con mi propio hijo, como al hijo que, si el destino hubiera tomado otro camino, hubiera podido ser el nuestro. Fleischmann no se atrevió a entrar en la casa. Acepté lo que Eva Gray me pedía y pude ver en sus ojos cómo renunciaba a lo único que había dado sentido a su vida. Al día siguiente, me llevé al niño conmigo. No volví a ver los Fleischmann.

Víctor Kray hizo una larga pausa. Max tuvo la impresión de que el anciano trataba de contener las lágrimas, pero Víctor Kray ocultaba su rostro entre sus manos blancas y envejecidas.

—Supe un año después que él había muerto, víctima de una extraña infección que contrajo a través de la mordedura de un perro salvaje. Y aun ahora, no sé si Eva Gray vive todavía en algún lugar del país.

Max examinó el semblante abatido del anciano y supuso que le había juzgado erróneamente, aunque hubiera preferido confirmarle como un villano y no tener que enfrentarse a lo que sus palabras ponían en evidencia.

—Usted inventó la historia de los padres de Roland, incluso inventó su nombre... —concluyó Max.

Kray asintió, admitiendo ante un muchacho de trece años al que apenas había visto un par de veces el mayor secreto de su vida.

—Entonces, ¿Roland no sabe quién es en realidad? —preguntó Max.

El anciano negó repetidamente y Max advirtió que finalmente había lágrimas de rabia en sus ojos, castigados por demasiados años vigilando en lo alto del faro.

—¿Quién hay enterrado entonces en la tumba de Jacob Fleishmann en el cementerio? —preguntó Max.

—Nadie —respondió el anciano—. Esa tumba nunca se construyó ni se ofició ningún funeral. El mausoleo que viste el otro día apareció en el cementerio local a la semana siguiente de la tormenta. Las gentes del pueblo creen que fue Fleischmann quien lo mandó construir para su hijo.

—No lo entiendo —replicó Max—. Si no fue Fleischmann, ¿quién lo construyó y para qué?

Víctor Kray sonrió amargamente al muchacho.

—Caín —respondió finalmente—. Caín lo colocó allí y lo ha estado reservando desde entonces para Jacob.

—Dios mío —murmuró Max, comprendiendo que tal vez había desperdiciado un tiempo precioso al obligar al anciano a confesar toda la verdad—. Hay que sacar a Roland de la cabaña ahora mismo...

* * *

El embate de las olas que rompían en la playa despertó a Alicia. Ya había caído la noche y, a juzgar por el intenso repiqueteo del agua sobre el tejado de la cabaña, una fuerte tormenta se había desencadenado sobre la bahía mientras dormían. Alicia se incorporó, aturdida todavía, y comprobó que Roland seguía tendido en el catre, murmurando palabras ininteligibles en su sueño. Max no estaba allí y Alicia supuso que su hermano estaría afuera, contemplando la lluvia sobre el mar; a Max le fascinaba la lluvia. Se dirigió hasta la puerta y la abrió, echando un vistazo a la playa.

Una densa niebla azulada reptaba desde el mar hacia la cabaña como un espectro acechante y Alicia pudo percibir docenas de voces que parecían susurrar desde su interior. Cerró la puerta con fuerza y se apoyó contra ella, decidida a no dejarse llevar por el pánico. Roland, sobresaltado por el ruido del portazo, abrió los ojos y se incorporó trabajosamente, sin comprender muy bien cómo había llegado hasta allí.

—¿Qué está pasando? —consiguió murmurar Roland.

Alicia despegó los labios para contestar, pero algo la detuvo. Roland contempló estupefacto cómo una densa niebla se filtraba por todas las junturas de la cabaña y envolvía a Alicia. La muchacha gritó y la puerta en la que había estado apoyada salió despedida hacia el exterior, arrancada de sus goznes por una fuerza invisible. Roland saltó del catre y corrió hacia Alicia, que se alejaba en dirección al mar envuelta en aquella garra formada por la niebla vaporosa. Una figura se interpuso en su camino y Roland reconoció al espectro de agua que le había arrastrado a las profundidades. El rostro lobuno del payaso se iluminó.

—Hola, Jacob —susurró la voz tras los labios gelatinosos—. Ahora sí que vamos a divertirnos.

Roland golpeó la forma acuosa y la silueta de Caín se desintegró en el aire, dejando caer en el vacío litros y litros de agua. Roland se precipitó al exterior y recibió el golpe de la tormenta. Una gran cúpula de espesas nubes purpúreas se había formado sobre la bahía. Desde su cima, un rayo cegador cayó sobre uno de los picos del acantilado y pulverizó toneladas de roca, esparciendo una lluvia de briznas incandescentes sobre la playa.

Alicia gritó, luchando por zafarse del abrazo letal que la aprisionaba y Roland corrió sobre las piedras hasta la orilla. Intentó alcanzar su mano hasta que una fuerte sacudida del mar lo derribó. Cuando se puso en pie de nuevo, toda la bahía temblaba bajo sus pies y Roland oyó un enorme rugido que parecía ascender desde las profundidades. El muchacho retrocedió unos pasos, luchando por mantener el equilibrio y pudo ver que una gigantesca forma luminosa emergía desde el fondo del mar hacia la superficie, levantando olas de varios metros en todas direcciones. En el centro de la bahía, Roland reconoció la silueta de un mástil surgiendo de entre las aguas. Lentamente, ante sus ojos incrédulos, el casco del *Orpheus* salió a flote, envuelto en un halo espectral.

Sobre el puente, Caín, envuelto en su capa, alzó un bastón plateado al cielo y un nuevo rayo cayó sobre él, prendiendo de luz resplandeciente todo el casco del *Orpheus*. El eco de la cruel carcajada del mago inundó la bahía mientras la garra fantasmal soltaba a Alicia a sus pies.

—Es a ti a quien quiero, Jacob —susurró la voz de Caín en la mente de Roland—. Si no quieres que ella muera, ven a buscarla...

CAPÍTULO DIECISÉIS

Max pedaleaba bajo la lluvia cuando el resplandor del rayo lo sobresaltó y reveló la visión del *Orpheus,* resurgido de las profundidades e impregnado de una luminosidad hipnótica que emanaba del propio metal. El viejo buque de Caín navegaba de nuevo sobre las aguas enfurecidas de la bahía. Max pedaleó hasta perder el aliento, temiendo que, cuando llegara a la cabaña, ya fuera demasiado tarde. Había dejado atrás al viejo farero, que no podía ni mucho menos igualar su ritmo. Al llegar al borde de la playa, Max saltó de la bicicleta y corrió hacia la cabaña de Roland. Descubrió que la puerta había sido arrancada de cuajo y localizó la silueta paralizada de su amigo en la orilla, mirando hechizado el buque fantasma que surcaba el oleaje. Max dio gracias al cielo y corrió a abrazarlo.

—¿Estás bien? —gritó contra el viento que azotaba la playa.

Roland le devolvió una mirada de pánico, como la de un animal herido e incapaz de escapar de su depredador. Max vio en él aquel rostro infantil que había sostenido la cámara frente al espejo y sintió un escalofrío.

—Tiene a Alicia —dijo Roland finalmente.

Max sabía que su amigo no comprendía lo que estaba sucediendo en realidad e intuyó que intentar explicárselo sólo complicaría la situación.

—Pase lo que pase —dijo Max—, aléjate de él. ¿Me has oído? Aléjate de Caín.

Roland ignoró sus palabras y se adentró en el agua hasta que el oleaje le cubrió la cintura. Max fue tras él y le retuvo, pero Roland, más fuerte que su amigo, se zafó fácilmente de él y lo empujó con fuerza antes de lanzarse a nadar.

—¡Espera! —gritó Max—. ¡No sabes lo que está pasando! ¡Te busca a ti!

—Ya lo sé —replicó Roland sin darle tiempo a pronunciar una palabra más.

Max vio zambullirse a su amigo en las olas y emerger unos metros más allá, nadando hacia el *Orpheus*. La mitad prudente de su alma le pedía a gritos correr de vuelta a la cabaña y esconderse bajo el catre hasta que todo hubiera pasado. Como siempre, Max escuchó a la otra mitad y se lanzó tras su amigo con la seguridad de que, esa vez, no volvería a tierra con vida.

Los largos dedos de Caín enfundados en un guante, se cerraron sobre la muñeca de Alicia como una tenaza y la muchacha sintió que el mago tiraba de ella, arrastrándola sobre la cubierta resbaladiza del Orpheus. Alicia intentó librarse de la presa forcejeando con fuerza. Caín se volvió y, alzándola en el aire sin ningún esfuerzo, acercó su rostro a escasos centímetros del de Alicia, hasta que la muchacha pudo ver cómo las pupilas de aquellos ojos ardientes de rabia se dilataban y cambiaban de color, del azul al dorado.

—No te lo repetiré —amenazó el mago con voz metálica y carente de vida—. Estate quieta o te arrepentirás. ¿Me has entendido?

El mago incrementó dolorosamente la presión de sus dedos y Alicia temió que, de no detenerse, Caín le pulverizaría los huesos de la muñeca como si fueran de arcilla seca. La muchacha comprendió que era inútil oponer resistencia y asintió nerviosamente. Caín aflojó la presa y sonrió. No había compasión ni cortesía en aquella sonrisa, sólo odio. El mago la soltó y Alicia cayó de nuevo sobre la cubierta, golpeándose la frente contra el metal. Se palpó la piel y sintió el escozor punzante de un corte abierto por la caída. Sin concederle un instante de tregua, Caín la asió de nuevo por su brazo magullado y la arrastró hacia las entrañas del buque.

—Levántate —ordenó el mago, empujándola a través de un corredor que se extendía tras el puente del *Orpheus* y conducía a los camarotes de cubierta.

Las paredes estaban ennegrecidas y cubiertas de óxido y de una capa viscosa de algas oscuras. En el interior del *Orpheus* había en un palmo de agua cenagosa que desprendía vapores nauseabundos. Decenas de despojos flotaban y se balanceaban con el fuerte vaivén del barco entre el oleaje. El doctor Caín agarró a Alicia por el pelo y abrió una de las compuertas que daba a un camarote. Una nube de gases y agua corrompida aprisionados en el interior durante veinticinco años llenaron el aire. Alicia contuvo la respiración. El mago le tiró con fuerza del pelo y la arrastró hasta la puerta del camarote.

—La mejor suite del barco, querida. El camarote del capitán para mi invitada de honor. Disfruta de la compañía.

Caín la empujó brutalmente al interior y cerró la compuerta a su espalda. Alicia cayó de rodillas y palpó la pared tras ella, en busca de un punto de apoyo. El camarote estaba prácticamente sumido en la oscuridad y la única claridad que conseguía abrirse paso provenía de un estrecho ojo de buey que los años bajo las aguas habían cubierto de una gruesa costra semitransparente de algas y restos orgánicos. Las continuas sacudidas del barco en la tormenta la empujaban contra las paredes del camarote. Alicia se aferró a una tubería oxidada y escrutó la penumbra, luchando por apartar de su mente el hedor penetrante que reinaba en aquel lugar. Sus ojos tardaron un par de minutos en habituarse a las mínimas condiciones de luz y permitirle examinar la celda que Caín le había reservado. No había más salida a la vista que la compuerta que el mago había cerrado al irse. Alicia buscó desesperadamente una barra de metal o un objeto contundente con que intentar forzar esa compuerta, pero no pudo hallar nada. Mientras palpaba en la penumbra, en pos de una herramienta que le permitiese liberarse, sus manos rozaron algo que había estado apoyado contra la pared. Alicia se apartó, sobresaltada. Los restos irreconocibles del capitán del *Orpheus* cayeron a sus pies y Alicia comprendió a quién se refería Caín al hablar de su *compañía*. El destino no había jugado a favor del viejo holandés errante. El estruendo del mar y el temporal ahogaron sus gritos.

* * *

Por cada metro que Roland ganaba en su camino hasta el *Orpheus,* la furia del mar lo arrastraba bajo el agua y lo devolvía a la superficie en el rompiente de una ola, envolviéndolo en un torbellino de espuma cuya fuerza no podía combatir. Frente a él, el barco se debatía con los muros de oleaje que el temporal lanzaba contra el casco.

A medida que se aproximaba al buque, la violencia del mar le hacía más dificultoso controlar la dirección en que la corriente lo zarandeaba y Roland temió que un golpe repentino del oleaje pudiera estrellarlo contra el casco del *Orpheus* y hacerle perder el sentido. Si eso sucedía, el mar lo engulliría vorazmente y jamás volvería a la superficie. Roland se zambulló para esquivar la cresta que se cernía sobre él y emergió de nuevo, comprobando que la ola se alejaba hacia la costa formando un valle de agua turbia y agitada.

El *Orpheus* se alzaba a menos de una docena de metros de donde se encontraba y al contemplar la pared de acero teñida de luz incandescente supo que le resultaría imposible trepar hasta la cubierta. El único camino viable era la brecha que las rocas habían abierto en el casco, provocando el hundimiento del barco veinticinco años atrás. La brecha se encontraba en la línea de flotación y aparecía y se sumergía bajo las aguas a cada embate del oleaje. Los jirones de metal del fuselaje que rodeaban el agujero negro semejaban las fauces de una gran bestia marina. La sola idea de introducirse por aquella trampa aterraba a Roland, pero era su única oportunidad de llegar hasta Alicia. Luchó por no ser arrastrado por la siguiente ola y, una vez la cresta hubo pasado sobre él, se lanzó hacia el agujero del casco y penetró en él como un torpedo humano hacia las tinieblas.

* * *

Víctor Kray atravesó sin aliento las hierbas salvajes que separaban la bahía del camino del faro. La lluvia y el viento caían con fuerza y frenaban su avance como manos invisibles empeñadas en alejarle de aquel lugar. Cuando consiguió llegar hasta la playa, el *Orpheus* se alzaba en el centro de la bahía, navegando en línea recta hacia el acantilado y envuelto en una aura de luz sobrenatural. La proa del barco rompía el oleaje que barría la cubierta y levantaba una nube de espuma blanca a cada nueva sacudida del océano. Una sombra de desesperación se abatió sobre él: sus peores temores se habían hecho realidad y había fracasado; los años habían debilitado su mente y el Príncipe de la Niebla le había engañado una vez más. Sólo pedía ya al cielo que no fuera demasiado tarde para salvar a Roland del destino que el mago tenía reservado para él. En aquel momento, Víctor Kray hubiera entregado gustoso su vida si con ello garantizase a Roland una mínima oportunidad de escapar. Sin embargo, una oscura premonición le hacía sospechar que había faltado a la promesa que hizo a la madre del niño.

Víctor Kray se encaminó hacia la cabaña de Roland, con la vana esperanza de encontrarlo allí. No había rastro de Max ni de la muchacha y la visión de la puerta de la cabaña derribada en la playa le hizo albergar los peores augurios. Entonces, una chispa de esperanza se encendió ante él al comprobar que había luz en el interior de la cabaña. El farero se apresuró hacia la entrada, voceando el nombre de Roland. La figura de un lanzador de cuchillos de piedra pálida y viva salió a recibirle.

—Un poco tarde para lamentarse, abuelo —dijo, permitiendo al anciano reconocer la voz de Caín.

Víctor Kray dio un paso atrás, pero había alguien a su espalda y, antes de que pudiera reaccionar, sintió un golpe seco en la nuca. Después, cayó la oscuridad.

* * *

Max advirtió que Roland penetraba en el casco del *Orpheus* a través del agujero en el fuselaje y sintió que sus fuerzas flaqueaban a cada nueva sacudida de las olas. Él no era un nadador comparable a Roland y a duras penas conseguiría mantenerse a flote durante mucho más tiempo en medio de aquel temporal, a menos que encontrase el modo de subir a bordo del buque. Por otro lado, la certeza de que el peligro les esperaba en las entrañas del barco se le hacía más evidente a cada minuto que pasaba y comprendía que el mago les estaba llevando a su terreno como moscas a la miel.

Tras oír un estruendo ensordecedor, Max contempló cómo una inmensa pared de agua se alzaba por la popa del *Orpheus* y se aproximaba a gran velocidad al buque. En pocos segundos, el impacto de la ola arrastró al barco hasta el acantilado y la proa se incrustó en las rocas, provocando una violenta sacudida en todo el casco. El mástil que sostenía las señales luminosas del puente se desplomó al costado de la nave y su extremo cayó a unos metros de Max, que se sumergió en las aguas.

Max nadó trabajosamente hasta allí, se aferró al mástil y descansó unos segundos para recuperar el aliento. Cuando alzó la mirada, vio que la trayectoria del mástil abatido le tendía un puente hasta la cubierta del barco. Antes de que una nueva ola lo arrancase de allí y se lo llevara para siempre, Max empezó a trepar hacia el *Orpheus* sin advertir que, apoyada en la baranda de estribor del buque, una silueta le esperaba inmóvil.

* * *

El impulso de la corriente empujó a Roland a través de la sentina inundada del *Orpheus* y el muchacho se protegió la cara con los brazos para evitar los golpes que su avance entre los restos del naufragio le propinaba. Roland se meció a merced del agua hasta que una sacudida en el casco lo lanzó contra la pared, donde pudo asirse a una escalerilla metálica que ascendía hacia la parte superior del barco.

Roland trepó por la angosta escalerilla y cruzó una escotilla que desembocaba en la oscura sala de máquinas que albergaba los motores destruidos del *Orpheus*. Atravesó los restos de la maquinaria hasta el corredor de ascenso a la cubierta y, una vez allí, cruzó a toda prisa el pasillo de camarotes hasta llegar al puente del buque. Con una sensación extraña, Roland reconocía cada rincón de la sala y todos los objetos que tantas veces había observado buceando bajo el agua. Desde aquel puesto de observación, Roland tenía una visión completa de la cubierta delantera del *Orpheus,* donde las olas barrían la superficie e iban a morir contra la plataforma del puente. Súbitamente, Roland sintió que el *Orpheus* era impulsado hacia adelante con una fuerza imparable y contempló atónito cómo, de entre las sombras, a proa del barco emergía el acantilado. Iban a chocar contra las rocas en cuestión de segundos.

Roland se apresuró a sujetarse a la rueda del timón pero sus pies resbalaron sobre la película de algas que recubría el piso. Rodó varios metros hasta golpearse con el antiguo aparato de radio y su cuerpo experimentó la tremenda vibración del impacto del casco contra los acantilados. Pasado el peor momento, se incorporó y oyó un sonido cercano, una voz humana en el fragor de la tormenta. El sonido se repitió y Roland lo reconoció: era Alicia pidiendo ayuda a gritos en algún lugar del buque.

* * *

Los diez metros que Max hubo de trepar por el mástil hasta la cubierta del *Orpheus* se le antojaron más de cien. La madera estaba prácticamente podrida y tan astillada que, al alcanzar finalmente la borda del buque, sus brazos y piernas estaban plagados de pequeñas heridas que le producían un fuerte escozor. Max juzgó más prudente no detenerse a examinar sus magulladuras y extendió una mano hasta la barandilla metálica.

Una vez estuvo sólidamente aferrado, saltó con torpeza sobre la cubierta y cayó de bruces. Una forma oscura cruzó frente a él y Max alzó la mirada, con la esperanza de ver a Roland. La silueta de Caín desplegó su capa y le mostró un objeto dorado que se balanceaba del extremo de una cadena. Max reconoció su reloj.

—¿Buscas esto? —preguntó el mago, arrodillándose junto al muchacho y meciendo el reloj que Max había perdido en el mausoleo de Jacob Fleischmann ante sus ojos.

—¿Dónde está Jacob? —interrogó Max, ignorando la mueca burlona que parecía fijada al rostro de Caín como una mascarilla de cera.

—Ésa es la pregunta del día —respondió el mago—, y tú me ayudarás a responderla.

Caín cerró su mano sobre el reloj y Max pudo oír el crujido del metal. Cuando el mago mostró de nuevo la palma abierta, del regalo que su padre le había hecho apenas quedaba un amasijo irreconocible de tornillos y tuercas aplastadas.

—El tiempo, querido Max, no existe; es una ilusión. Incluso tu amigo Copérnico hubiese adivinado eso si hubiese tenido precisamente tiempo. ¿Irónico, verdad?

Max calculó mentalmente las posibilidades que tenía de saltar por la borda y escapar del mago. El guante blanco de Caín se cerró sobre su garganta antes de que pudiera respirar.

—¿Qué es lo que va a hacer conmigo? —gimió Max.

—¿Qué harías contigo si estuvieses en mi lugar? —preguntó el mago.

Max sintió cómo la presa letal de Caín le cortaba la respiración y la circulación a la cabeza.

—Es una buena pregunta, ¿verdad?

El mago soltó a Max sobre la cubierta. El impacto del metal herrumbroso contra su cuerpo le nubló la visión por unos segundos y un espasmo de náusea se apoderó de él.

—¿Por qué persigue a Jacob? —balbuceó Max, tratando de ganar tiempo para Roland.

—Los negocios son los negocios, Max —respondió el mago—. Yo ya cumplí mi parte del trato.

—Pero ¿qué importancia puede tener la vida de un chico para usted? —espetó Max—. Además, ya se vengó matando al Dr. Fleischmann, ¿no es cierto?

El rostro del doctor Caín se iluminó, como si Max acabase de formularle la pregunta que ansiaba responder desde que habían iniciado su diálogo.

—Cuando no se salda un préstamo, hay que pagar intereses. Pero eso no anula la deuda. Es mi ley —siseó la voz del mago—. Y es mi alimento. La vida de Jacob y la de muchos como él. ¿Sabes cuántos años hace que recorro el mundo, Max? ¿Sabes cuántos nombres he tenido?

Max negó agradeciendo cada segundo que el mago perdía hablando con él.

—Dígamelo —respondió con un hilo de voz, fingiendo una temerosa admiración ante su interlocutor.

Caín sonrió eufórico. En aquel momento, sucedió lo que Max había estado temiendo. Entre el estruendo de la tormenta, resonó la voz de Roland llamando a Alicia. Max y el mago cruzaron una mirada; ambos lo habían oído. La sonrisa se desvaneció en el rostro de Caín y rápidamente recuperó la oscura faz de un depredador hambriento y sanguinario.

—Muy listo —murmuró.

Max tragó saliva, preparado para lo peor.

El mago desplegó una mano frente a él y Max contempló petrificado cómo cada uno de los dedos se transformaba en una larga aguja. A pocos metros de allí, Roland gritó de nuevo. Caín se volvió a mirar a sus espaldas y Max se abalanzó hacia la borda del buque. La garra del mago se cerró sobre su nuca y lo hizo girar lentamente, hasta enfrentarlo cara a cara con el Príncipe de la Niebla.

—Lástima que tu amigo no sea la mitad de hábil que tú. Quizá debería hacer los tratos contigo. Otra vez será —escupieron los labios del mago—. Hasta la vista, Max. Espero que hayas aprendido a bucear desde la última vez.

Con la fuerza de una locomotora, el mago lanzó a Max por los aires, de vuelta al mar. El cuerpo del chico trazó un arco de más de diez metros y cayó sobre el oleaje, sumergiéndose en la fuerte corriente helada. Max luchó por salir a flote y batió brazos y piernas con todas sus fuerzas para escapar de la letal fuerza de succión que parecía arrastrarle hacia la negra oscuridad del fondo. Nadando a ciegas, sintió que sus pulmones estaban a punto de estallar y finalmente emergió a pocos metros de las rocas. Inspiró una bocanada de aire y, peleando por mantenerse a flote, consiguió que poco a poco las olas lo llevaran hasta el borde de la pared rocosa, donde consiguió asirse a un saliente desde el que trepar y ponerse a salvo. Las aristas afiladas de las piedras le mordieron la piel y Max sintió cómo abrían pequeñas heridas en sus miembros, tan entumecidos por el frío que apenas podían sentir el dolor. Luchando por no desfallecer, ascendió unos metros hasta encontrar un recodo entre las rocas fuera del alcance del oleaje. Sólo entonces pudo tenderse sobre la dura piedra y descubrir que estaba tan aterrorizado que no era capaz de creer que había salvado su vida.

CAPÍTULO DIECISIETE

L a puerta del camarote se abrió lentamente y Alicia, acurrucada en un rincón de las sombras, permaneció inmóvil y contuvo la respiración. La sombra del Príncipe de la Niebla se proyectó sobre el interior de la sala y sus ojos, encendidos como brasas, cambiaron de color, del dorado a un rojo profundo. Caín entró en el camarote y se acercó a ella. Alicia luchó por ocultar el temblor que se había apoderado de ella y encaró al visitante con una mirada desafiante. El mago mostró una sonrisa canina ante tal despliegue de arrogancia.

—Debe de ser algo de familia. Todos con vocación de héroe —comentó amablemente el mago—. Me estáis empezando a gustar.

—¿Qué es lo que quiere? —dijo Alicia, impregnando su voz temblorosa de todo el desprecio que pudo reunir.

Caín pareció considerar la pregunta y se quitó los guantes con parsimonia. Alicia advirtió que sus uñas eran largas y afiladas como la punta de una daga. Caín la señaló con una de ellas.

—Eso depende. ¿Qué me sugieres tú? —ofreció el mago dulcemente, sin apartar sus ojos del rostro de Alicia.

—No tengo nada que darle —replicó ella, dirigiendo una mirada furtiva a la compuerta abierta del camarote.

Caín negó con el índice, leyendo sus intenciones.

—No sería una buena idea —sugirió—. Volvamos a lo nuestro. ¿Por qué no hacemos un trato? Una entente entre adultos, por así decirlo.

—¿Qué trato? —respondió Alicia, esforzándose por rehuir la mirada hipnótica de Caín, que parecía succionar su voluntad con la voracidad de un parásito de almas.

—Así me gusta, que hablemos de negocios. Dime, Alicia, ¿te gustaría salvar a Jacob, perdón, a Roland? Es un muchacho apuesto, diría yo —dijo el mago paladeando cada una de las palabras de su oferta con infinita delicadeza.

—¿Qué quiere a cambio? ¿Mi vida? —repuso Alicia, cuyas frases brotaban de su garganta sin apenas darle tiempo a pensar.

El mago cruzó las manos y frunció el ceño, pensativo. Alicia advirtió que nunca parpadeaba.

—Yo tenía pensada otra cosa, querida —explicó

el mago, acariciándose el labio inferior con la yema de su dedo índice—. ¿Qué hay de la vida de tu primer hijo?

Caín se aproximó lentamente a ella y acercó su rostro al de la muchacha. Alicia sintió un intenso hedor dulzón y nauseabundo que emanaba de Caín. Enfrentando su mirada, Alicia escupió en la cara del mago.

—Váyase al infierno —dijo, conteniendo la rabia.

Las gotas de saliva se evaporaron como si las hubiese lanzado a una plancha de metal ardiente.

—Querida niña, de allí vengo —replicó Caín.

Lentamente, el mago extendió su mano desnuda hacia el rostro de Alicia. La muchacha cerró los ojos y notó el contacto helado de sus dedos y las largas y afiladas uñas sobre su frente durante unos instantes. La espera se hizo interminable. Finalmente, Alicia oyó cómo sus pasos se alejaban y la compuerta del camarote se cerraba de nuevo. El hedor a podredumbre escapó por las junturas de la escotilla del camarote como el vapor desde una válvula a presión. Alicia sintió deseos de llorar y golpear las paredes hasta aplacar su furia, pero hizo un esfuerzo por no perder el control y mantener la mente clara. Tenía que salir de allí y no disponía de mucho tiempo para hacerlo.

Fue hasta la compuerta y palpó el contorno en busca de una brecha o algún resquicio por el que tratar de forzarla. Nada. Caín la había encerrado en un sarcófago de aluminio oxidado en compañía de los huesos del viejo capitán del *Orpheus*. En aquel momento, una fuerte conmoción sacudió el barco y Alicia cayó de bruces contra el suelo. A los pocos segundos, un sonido apagado empezó a hacerse audible desde las entrañas del barco. Alicia apoyó el oído en la compuerta y escuchó atentamente; era el siseo inconfundible del agua fluyendo. Gran cantidad de agua. Alicia, presa del pánico, comprendió lo que sucedía: el casco se inundaba y el *Orpheus* se hundía de nuevo, empezando por las bodegas. Esta vez no pudo contener su alarido de terror.

* * *

Roland había recorrido todo el buque en busca de Alicia sin éxito. El *Orpheus* se había transformado en una laberíntica catacumba submarina de interminables corredores y compuertas atrancadas. El mago podía haberla ocultado en decenas de lugares. Volvió al puente y trató de deducir dónde podía estar atrapada. La sacudida que atravesó el barco le hizo perder el equilibrio y Roland cayó sobre el suelo húmedo y resbaladizo. De entre las sombras del puente apareció Caín, como si su silueta hubiese emergido del metal resquebrajado del piso.

—Nos hundimos, Jacob —explicó el mago con parsimonia, señalando a su alrededor—. Nunca has tenido sentido de la oportunidad, ¿verdad?

—No sé de qué está usted hablando. ¿Dónde está Alicia? —exigió Roland, dispuesto a lanzarse sobre su oponente.

El mago cerró los ojos y juntó las palmas de las manos como si fuese a entonar una oración.

—En algún lugar de este barco —respondió tranquilamente Caín—. Si has sido lo suficientemente estúpido como para llegar hasta aquí, no lo estropees ahora. ¿Quieres salvarle la vida, Jacob?

—Mi nombre es Roland —atajó el muchacho.

—Roland, Jacob... ¿Qué más da un nombre que otro? —rió Caín—. Yo mismo tengo varios. ¿Cuál es tu deseo, Roland? Quieres salvar a tu amiga. Es eso, ¿no?

—¿Dónde la ha metido? —repitió Roland—. ¡Maldito sea! ¿Dónde está?

El mago se frotó las manos, como si tuviera frío.

—¿Sabes lo que tarda un barco como éste en hundirse, Jacob? No me lo digas. Un par de minutos, como mucho. ¿Sorprendente, verdad? Dímelo a mí —rió Caín.

—Usted quiere a Jacob o como quiera que me llame —afirmó Roland—. Ya lo tiene; no voy a huir. Suéltela a ella.

—Qué original, Jacob —sentenció el mago, acercándose hacia el muchacho—. Se te acaba el tiempo, Jacob. Un minuto.

El *Orpheus* empezó a escorar lentamente a estribor. El agua que inundaba el barco rugía bajo sus pies

y la debilitada estructura de metal vibraba fuerte-
mente ante la furia con que las aguas se abrían camino a través de las entrañas del buque, como ácido
sobre un juguete de cartón.

—¿Qué tengo que hacer? —imploró Roland—.
¿Qué espera de mí?

—Bien, Jacob. Veo que vamos entrando en razón.
Espero que cumplas la parte del trato que tu padre
fue incapaz de cumplir —respondió el mago—. Nada
más. Y nada menos.

—Mi padre murió en un accidente, yo... —empezó a explicar Roland con desesperación.

El mago colocó su mano paternalmente sobre
el hombro del muchacho. Roland sintió el contacto metálico de sus dedos.

—Medio minuto, chico. Un poco tarde para las
historias de familia —cortó Caín.

El agua golpeaba con fuerza la cubierta sobre la
que se sostenía el puente y Roland dirigió una última mirada suplicante al mago. Caín se arrodilló frente a Roland y sonrió al muchacho.

—¿Hacemos un trato, Jacob? —susurró el mago.

Las lágrimas brotaron de los ojos de Roland y
lentamente el chico asintió.

—Bien, bien, Jacob —murmuró Caín—. Bienvenido a casa...

El mago se incorporó y señaló hacia uno de los
pasillos que partían del puente.

—La última puerta de ese corredor —señaló

Caín—. Pero escucha un consejo. Cuando consigas abrirla, ya estaremos bajo el agua y tu amiga no tendrá ni una gota de aire que respirar. Tú eres un buen buceador, Jacob. Sabrás lo que hacer. Recuerda tu trato...

Caín sonrió por última vez y, envolviéndose en su capa, se desvaneció en la oscuridad mientras pasos invisibles se alejaban sobre el puente y dejaban huellas de metal fundido en el casco del barco. El muchacho permaneció paralizado unos segundos, recuperando el aliento, hasta que una nueva sacudida del buque lo empujó contra la rueda petrificada del timón. El agua había empezado a inundar el nivel del puente.

Roland se lanzó hacia el pasillo que el mago le había indicado. El agua brotaba de las escotillas de ascenso a presión e inundaba el corredor mientras el *Orpheus* se hundía progresivamente en el mar. Roland golpeó en vano la compuerta con los puños.

—¡Alicia! —gritó, aunque era consciente de que ella apenas podría oírle al otro lado del grosor del acero—. Soy Roland. ¡Contén la respiración! ¡Voy a sacarte de ahí!

Roland aferró la rueda de la compuerta e intentó con todas sus fuerzas hacerla girar, hiriéndose las palmas de las manos en el empeño mientras el agua helada le cubría por encima de la cintura y seguía subiendo. La rueda apenas cedió un par de centímetros. Roland inspiró profundamente y la forzó de nuevo, consiguiendo que girara progresivamente hasta que el agua helada le cubrió el rostro e inundó finalmente todo el corredor. La oscuridad se apoderó del *Orpheus*.

Cuando la compuerta se abrió, Roland buceó en el interior del camarote tenebroso palpando a ciegas en busca de Alicia. Por un terrible momento, pensó que el mago lo había engañado y que allí no había nadie. Abrió los ojos bajo el agua y trató de vislumbrar algo entre la tiniebla submarina luchando contra el escozor. Finalmente, sus manos alcanzaron un jirón de tela del vestido de Alicia que se debatía frenéticamente entre el pánico y la asfixia. La abrazó y trató de tranquilizarla, pero la muchacha no podía saber quién o qué la había aferrado en la oscuridad. Consciente de que le quedaban apenas unos segundos, Roland la rodeó por el cuello y tiró de ella hacia el exterior del corredor. El buque seguía precipitándose en su descenso inexorable hacia las profundidades. Alicia forcejeaba inútilmente y Roland la arrastró hasta el puente a través del corredor por el que flotaban los despojos que el agua había arrancado de lo más profundo del *Orpheus*. Sabía que no podían salir del buque hasta que el casco hubiera tocado fondo porque, de intentarlo, la fuerza de succión los arrastraría a la corriente submarina sin remedio. Sin embargo, no ignoraba que habían transcurrido por lo menos treinta segundos desde que Alicia había respirado por última vez y que, a esas alturas y en su estado de pánico, habría empezado a inhalar agua. El ascenso a la superficie sería probablemente el camino a una muerte segura para ella. Caín había planeado cuidadosamente su juego.

La espera a que el *Orpheus* tocase fondo se hizo infinita y, cuando llegó el impacto, parte de la techumbre del puente se desplomó sobre Alicia y él. Un fuerte dolor ascendió por su pierna y Roland comprendió que el metal le había aprisionado un tobillo. El resplandor del *Orpheus* se desvanecía lentamente en las profundidades.

Roland luchó contra la punzante agonía que le atenazaba la pierna y buscó el rostro de Alicia en la penumbra. La muchacha tenía los ojos abiertos y se debatía al borde de la asfixia. Ya no podía contener la respiración ni un segundo más y sus últimas burbujas de aire se escaparon de entre sus labios como perlas portadoras de los últimos instantes de una vida que se extinguía.

Roland le tomó el rostro y trató de que Alicia lo mirase a los ojos. Sus miradas se unieron en las profundidades y ella comprendió al instante lo que él se proponía. Alicia negó con la cabeza, tratando de alejar a Roland de sí. Éste señaló el tobillo aprisionado bajo el abrazo mortal de las vigas metálicas del techo. Alicia nadó a través de las aguas heladas hacia la viga abatida y luchó por liberar a Roland. Ambos muchachos cruzaron una mirada desesperada. Nada ni nadie podría mover las toneladas de acero que retenían a Roland. Alicia nadó de vuelta hasta él y lo abrazó, sintiendo cómo su propia conciencia se desvanecía por la falta de aire. Sin esperar un instante, Roland tomó el rostro de Alicia y, posando sus labios sobre los de la muchacha, espiró en su boca el aire que había reservado para ella, tal como Caín había previsto desde el principio. Alicia aspiró el aire de sus labios y apretó con fuerza las manos de Roland, unida a él en aquel beso de salvación.

El muchacho le dirigió una mirada desesperada de adiós y la empujó contra su voluntad fuera del puente, donde, lentamente, Alicia inició su ascenso hacia la superficie. Aquélla fue la última vez que Alicia vio a Roland. Segundos después, la muchacha emergió en el centro de la bahía y pudo ver que la tormenta se alejaba despacio mar adentro, llevándose consigo todas las esperanzas que había puesto en el futuro.

* * *

Cuando Max vio aflorar el rostro de Alicia sobre la superficie, se lanzó de nuevo al agua y nadó apresuradamente hasta ella. Su hermana apenas podía mantenerse a flote y balbuceaba palabras incomprensibles, tosiendo violentamente y escupiendo el agua que había tragado en su ascenso desde el fondo. Max la rodeó por los hombros y la arrastró hasta que pudo hacer pie a un par de metros de la orilla. El viejo farero esperaba en la playa y corrió a socorrerlos. Juntos sacaron a Alicia del agua y la tendieron sobre la arena. Víctor Kray le buscó el pulso en la muñeca, pero Max retiró delicadamente la mano temblorosa del anciano.

—Está viva, señor Kray —explicó Max, acariciando la frente de su hermana—. Está viva.

El anciano asintió y dejó a Alicia al cuidado de Max. Tambaleándose, como un soldado tras una larga batalla, Víctor Kray caminó hasta la orilla y se adentró en el mar hasta que el agua le cubrió la cintura.

—¿Dónde está mi Roland? —murmuró el anciano, volviéndose a Max—. ¿Dónde está mi nieto?

Max lo miró en silencio, viendo cómo el alma del pobre viejo y la fuerza que lo había mantenido todos aquellos años en lo alto del faro se perdían igual que un puñado de arena entre los dedos.

—No volverá, señor Kray —respondió finalmente el muchacho, con lágrimas en los ojos—. Roland ya no volverá.

El viejo farero lo miró como si no pudiera comprender sus palabras. Luego asintió, pero volvió la vista al mar a la espera de que su nieto emergiese de allí para reunirse con él. Lentamente, las aguas recobraron la calma y una guirnalda de estrellas se encendió sobre el horizonte. Roland nunca volvió.

CAPÍTULO DIECIOCHO

Al día siguiente a la tormenta que asoló la costa durante la larga noche del 23 de junio de 1943, Maximilian y Andrea Carver volvieron a la casa de la playa con la pequeña Irina, que ya estaba fuera de peligro, aunque tardaría unas semanas en recobrarse completamente. Los fuertes vientos que habían azotado el pueblo hasta poco antes del amanecer dejaron un rastro de árboles y postes eléctricos caídos, barcas arrastradas desde el mar hasta el paseo y ventanas rotas en buena parte de las fachadas del pueblo. Alicia y Max esperaban en silencio, sentados en el porche, y desde el instante en que Maximilian Carver descendió del coche que les había conducido desde la ciudad, pudo ver en sus rostros y en sus ropas raídas que algo terrible había sucedido.

Antes de que pudiese formular la primera pregunta, la mirada de Max le hizo comprender que las explicaciones, si alguna vez llegaban a producirse, tendrían que esperar a más adelante. Fuera lo que fuese lo que había acontecido, Maximiliam Carver supo, del modo en que pocas veces en la vida se nos permite comprender sin necesidad de palabras o razones, que tras la mirada triste de sus dos hijos estaba el final una etapa de sus vidas que nunca volvería.

Antes de entrar en la casa de la playa, Maximilian Carver miró en el pozo sin fondo de los ojos de Alicia, que contemplaba ausente la línea del horizonte como si esperase encontrar en ella la solución a todas las preguntas; preguntas que ni él ni nadie podrían ya contestar. De repente, y en silencio, se dio cuenta de que su hija había crecido y algún día, no muy lejano, emprendería un nuevo camino en busca de sus propias respuestas.

* * *

La estación del tren estaba sumida en la nube de vapor que exhalaba la máquina. Los últimos viajeros se apresuraban a subir a los vagones y a despedirse de los familiares y amigos que los habían acompañado hasta el andén. Max observó el viejo reloj que le había dado la bienvenida al pueblo y comprobó que, esta vez, sus agujas se habían parado para siempre. El mozo del tren se acercó a Max y a Víctor Kray, con la palma extendida y claras intenciones de conseguir una propina.

—Las maletas ya están en el tren, señor.

El viejo farero le tendió unas monedas y el mozo se alejó, contándolas. Max y Víctor Kray intercambiaron una sonrisa, como si la anécdota les resultara divertida y aquélla no fuese más que una despedida rutinaria.

—Alicia no ha podido venir porque... —empezó Max.

—No es necesario. Lo entiendo —atajó el farero—. Despídeme de ella. Y cuídala.

—Lo haré —respondió Max.

El jefe de estación hizo sonar su silbato. El tren estaba a punto de partir.

—¿No me va a decir adónde va? —preguntó Max, señalando el tren que esperaba en los raíles. Víctor Kray sonrió y tendió su mano al muchacho.

—Vaya a donde vaya —respondió el anciano—, nunca podré alejarme de aquí.

El silbato sonó de nuevo. Tan sólo Víctor Kray restaba para subir al tren. El revisor esperaba al pie de la puerta del vagón.

—Tengo que irme, Max —dijo el anciano.

Max lo abrazó con fuerza y el farero lo rodeó con sus brazos.

—Por cierto, tengo algo para ti.

Max aceptó una pequeña caja de manos del farero. La agitó suavemente; algo tintineaba en su interior.

—¿No vas a abrirla? —preguntó el anciano.

—Cuando usted se haya ido —respondió Max.

El farero se encogió de hombros.

Víctor Kray se dirigió hacia el vagón y el revisor le tendió la mano para ayudarle a subir. Cuando el farero estaba en el último escalón, Max corrió súbitamente hacia él.

—¡Señor Kray! —exclamó Max.

El anciano se volvió a mirarlo, con aire divertido.

—Me ha gustado conocerlo, señor Kray —dijo Max.

Víctor Kray le sonrió por última vez y se golpeó el pecho suavemente con el índice.

—A mí también, Max —respondió—. A mí también.

Lentamente, el tren arrancó y su rastro de vapor se perdió en la distancia para siempre. Max permaneció en el andén hasta que ya se hizo imposible distinguir aquel punto en el horizonte. Sólo entonces abrió la caja que el anciano le había entregado y descubrió que contenía un manojo de llaves. Max sonrió. Eran las llaves del faro.

EPÍLOGO

Las últimas semanas del verano trajeron nuevas noticias de aquella guerra que, según todos decían, tenía los días contados. Maximilian Carver había inaugurado su relojería en un pequeño local cerca de la plaza de la iglesia y, al poco tiempo, no quedaba habitante del pueblo que no hubiese visitado el pequeño bazar de las maravillas del padre de Max. La pequeña Irina se había recuperado completamente y no parecía recordar el accidente que había sufrido en la escalera de la casa de la playa. Ella y su madre acostumbraban a dar largos paseos por la playa en busca de conchas y pequeños fósiles con los que habían empezado una colección que aquel otoño prometía ser la envidia de sus nuevas compañeras de clase.

Max, fiel al legado del viejo farero, acudía con su bicicleta cada atardecer hasta la casa del faro y prendía la llama del haz de luz que habría de guiar a los barcos hasta el nuevo amanecer. Max subía a la atalaya y desde allí contemplaba el océano, tal como hizo Víctor Kray durante casi toda su vida.

Durante una de esas tardes en el faro, Max descubrió que su hermana Alicia solía volver a la playa donde se había alzado la cabaña de Roland. Iba sola y se sentaba junto a la orilla, extraviando su mirada en el mar y dejando pasar las horas en silencio. Ya nunca hablaban como lo habían hecho durante los días que habían compartido con Roland, y Alicia nunca mencionaba lo sucedido aquella noche en la bahía. Max había respetado su silencio desde el primer momento. Al llegar los últimos días de septiembre, que presagiaban el principio del otoño, el recuerdo del Príncipe de la Niebla parecía haberse desvanecido definitivamente de su memoria como un sueño a la luz del día.

A menudo, cuando Max observaba a su hermana Alicia abajo en la playa, evocaba las palabras de Roland cuando su amigo le había confesado el temor de que aquél fuera su último verano en el pueblo si era reclutado. Ahora, aunque los hermanos apenas cruzaban una palabra al respecto, Max sabía que el recuerdo de Roland y de aquel verano en que descubrieron juntos la magia permanecería con ellos y los uniría para siempre.